京城闲妇 / 申力雯文集 / 散文诗歌卷
All because I met you

只因我认识了你

听雨观云,闲看落花,悠然自在地生活,雅致如诗,韵味深长。

申力雯 / 作品

当代世界出版社
THE CONTEMPORARY WORLD PRESS

图书在版编目（CIP）数据

只因我认识了你 / 申力雯著. —北京：当代世界出版社，2017.3
ISBN 978-7-5090-1194-2

Ⅰ.①只… Ⅱ.①申… Ⅲ.①散文集—中国—当代②诗集—中国—当代 Ⅳ.①I217.2

中国版本图书馆CIP数据核字（2017）第043017号

书　　名：	只因我认识了你
出版发行：	当代世界出版社
地　　址：	北京市复兴路4号（100860）
网　　址：	http://www.worldpress.org.cn
编务电话：	（010）83908456
发行电话：	（010）83908409
	（010）83908455
	（010）83908377
	（010）83908423（邮购）
	（010）83908410（传真）
经　　销：	全国新华书店
印　　刷：	北京天宇万达印刷有限公司
开　　本：	710毫米×1000毫米　1/16
印　　张：	12
字　　数：	170千字
版　　次：	2017年3月第1版
印　　次：	2017年3月第1次
书　　号：	ISBN 978-7-5090-1194-2
定　　价：	32.00元

如发现印装质量问题，请与承印厂联系调换。
版权所有，翻印必究；未经许可，不得转载！

代序一
PREFACE 1

淡淡的幽香

谢星文

读者可能还会记得女作家申力雯的《京城闲妇》是2000年的畅销书，一年再版16次。那时的申力雯还是带病写作的人，而今天的申力雯已是等待肾移植的患者。

常人所有的无趣的庸常的生活，对于申力雯来说都是奢望。她有色彩的日子只能是从医院到返家的路上，她看到春天来了，迎春花开了、快乐的孩子、弯腰的老人、时尚的女人。她会坐在咖啡店里，透过玻璃窗，看形形色色的人群，并小心地听着喝咖啡的邻座悄悄地时断时续的谈话。如果有机会，她会和陌生人攀谈起来，她想读懂他们的生活和他们的心情。回家后，申力雯便将他们写下来，她相信读者会根据自己的理解，穿越冰山的表层。

申力雯隐居的生活，是一个多姿多彩的世界：阅读的世界，观察的世界。一些浮躁的现代人无心也无时间阅读的书，如：《瓦尔登湖》《磨坊书简》《圣经》《宗教与哲学》《日本古代随笔选》《浮生六记》……她每天为窗外的小鸟，撒下小米，备好清水，等待小鸟的造访。

人们看到《京城闲妇》《女人的穴位》会以为申力雯是个小资，小女人、小情调，是一个做梦的女人。错了！人们认为她非正常的生活，正是她的日常生活。

每一次腹膜透析痛苦的过程，她都把痛苦变成诗意的生活。她说：在温柔的月光下，晶莹的圣水，缓缓地流入，轻轻地沁入了我每一个细胞，一点一滴地把我拥抱。我像一朵白色的干梅花，在水中轻盈地飘浮，慢慢地舒展开放，并发出淡淡的幽香。也许我还有一段路要走，也许没有。我希望有一天会变成一条鱼，戴上洁白的百合花环，快乐地在水中游荡。

作家申力雯的生活与写作，始终关注人的终极问题。《万物最终必成空》《遗嘱是死亡的背景音乐》《柳小妹》等作品都是对生死最独特的思考。

申力雯常常说：太执着活着，即没有真正地活过，没有看破人生，关键是一个"破"字，破即是从零到零的归零过程：当你还没有看到朝阳，天际已出现了夕阳；当你觉得正青春年少，老年在不觉中已在敲门；正当你身强力壮，死亡已送来了"特快专递"签证。生命的诞生与死亡，就是生命的必然流程。人不可执着于某一个流程，执着就是贪恋。当你离开时，意味着生命的大幕在此落下，你的角色演完了，新的演员正急切等待上台。重要的是要微笑的、尊严的、满足地谢幕，以后的日子不要再注视舞台，要回归自我与安详，把活着的每一天，都看成生命的节日，快乐地活着。每一天都要快乐，你已脱下了戏装，还原了真正的自己。人生有两次谢幕，第一次是退休，第二次是死亡，死亡是彻底的谢幕。

申力雯在与疾病的斗争中，始终关注着普通人的悲苦。她认为，大人物都在大的事情、大的背景下很鲜活，即使以讹传讹，他们都聚焦在人们视野里。申力雯对小人物，有一种深切的悲悯。小人物即使有过动人心魄的经历，也会被岁月的车轮辗得粉碎，无人知晓，就像一颗种子落在水沟里被冲走了，这是一种宿命与无奈。在势利的社会里，他们没有话语权，他们只是艰难地活着，无人记得他们，就像一粒灰尘落在豆腐上。申力雯用怜爱之心写下了穷人的生计：《再见，"面的"》《输液，滴滴是血，点点是泪》《一个钟点工的自述》。

申力雯对另一个问题也给予了极大关注，即"女人、爱情与婚姻"。她以独特的视角——破解，如：浪漫的爱情在于可望而不可即，绝不在床上；只在床上的爱情,是一条爬满臭虫的破裤衫;爱情是别人保险箱里存折的密码……观念犀利、点穴、解渴,这就是申力雯的语言。

《京城闲妇》改变了许多女人的命运。在这物欲至上的时代,要做一个局外人实在是一件难事,又摊上漏洞百出的人生。然而女作家申力雯,像一位聪明的邻家姐姐,怀着医家父母之心,对现实的种种一一把脉,又一一对应与你心心相印,体恤有加。读申力雯新书《女人的穴位》(作家出版社),恰似一杯温香的下午茶。若是窗外薄云小雨,又有竹树烟翠,花含苞,人悠闲,捧读起邻家姐姐的书,就像贴心姐姐和你轻声慢语地聊天,便会安静了自己,看清了别人,找回了自己。

我们期待着女作家申力雯,聪明的邻家姐姐身体健康,能为热爱你的读者继续写下去。

代序二 PREFACE 2

申力雯：情景深处的吟唱

杨 路

《京城闲妇》这本书自2000年4月出版到现在已再版16次。一本375页的书，何以这样火，这是很多人没有想到的。在地铁的书摊上我买到了这本书。这是一本很感性的书，读它的感觉很舒服。在无声的世界里，你仿佛正在与一位智慧、温良、善解人意的女性做着心与心的交流。她以纯色文字，为你铺展开的是一个真实、高远、明洁、快乐的七彩生活场景。这本书的作者就是申力雯。

在一个秋阳灿灿的上午，我见到了申力雯女士。她很别致、很独特。在她家的客厅里听她讲那些生命的片断、人生的经历。一个在生死两界之间游荡近30年的生命，是如何乐观、坚强地活着的人生况味。我突然觉得，面前的这位中年女性是如此真实。她与我们的不同，就在于她有勇气直视生命终极，敢于亮出生命的底牌，还给自己一个自由的生命状态。以感恩的情怀享受上苍赐予她的幸福，让自己与她周围的人沐浴在灿烂的阳光里。

"我之所以选择隐居的生活，一个原因是我的身体不好，我的病是慢性肾功能衰竭，长期的肾病所显示出的各种令人沮丧的生命数字，让我常常感到死亡像一个巨大的黑影越过高山向我扑来。有时，我真没有勇气去看那些数字，经常是从医院回来后，我先去咖啡厅，喝上一杯，平定一下恐惧的心绪。用往日积累的信心和对生活的向往与恐惧斗争，并战胜它，然后我才平静地回到家。

"隐居和独处是我选择的一种生活方式,这可能是由我的性格决定的,我7岁时就有一间自己的房间。我认为独处的这种生活方式对写作很有好处,它能使你的感觉保鲜。如果你与生活贴得很近,你的视觉就会丧失。一些生活的精彩片段,你就看不见、感觉不到。与生活拉开了距离,我便获得了一种警醒,对生活一味地介入,人容易变得麻木、糊涂。

"长期的隐居生活,使我的心灵获得了自由,让生命游于自由状态。几十年来,我一直生活在一种宁静、冥想的情景里。写作是我灵魂的唯一出口,流出了我就平静了。写作对我来说,那是一种文字的舞蹈,而在现实生活中我是一个猎人。我天生对人有一种敏锐的感觉,喜欢和陌生人交谈,因为我和他们没有利益冲突,他们很容易在我面前敞开心扉。记得今年夏天最热的那天,我坐着有空调的出租车去国际展览中心,迎面开过来的卡车上有许多民工。他们用湿毛巾包着头,我突然感到自己很奢侈,他们在这样的天气里还要干活,于是我就和出租车的司机聊了起来。司机的一句话给我留下了很深的印象,他说,人这一辈子,什么苦都能受,只是你没到那份儿上。

"我认为现在的社会是工商化主宰的世界,在商业利益的驱动下人们更需要静的滋养。几年来,在疾病、读书与写作中我一直用静坐来强化自己。当我一静坐下来,一切游丝杂念便渐渐淡去、凝固。一股深邃的静谧与祥和之气从心底缓缓升起,心灵在这股清气的孕育下,久而久之,变得越来越广阔、洁净,生命也变得日益新鲜和丰厚。我现在最感兴趣的是哲学和宗教,我虽不信宗教,但我喜欢读宗教方面的书,它能使我的心变得安详。"

作为女性,申力雯很关心婚姻与幸福这一命题,为此她写了许多文章。《京城闲妇》一书出版后,申力雯接到了大量的来电来信,其中大部分是女性。她们说,在我困惑、要走弯路的时候,读了您的这本书,我警醒了。对于婚姻,申力雯有其独到的见解:婚姻是人们鞋里的沙子,是沙子就肯定会磨脚,磨久了感觉不出痛的人不需要换鞋,而受不了的人就一定得换鞋。往往是换了新鞋，沙子还是要磨脚，脚还是会痛，只是磨的地方不一样而已。

申力雯虽然身体不好，但她是幸运的，她有一个很理解她、呵护她的先生。她不需要为了温饱，为了住行到处奔波。申力雯是坚强的也是智慧的，她有勇气放弃金钱、职称、房子等诸多诱惑，将宝贵的生命用于对人生、社会、生死等问题的深层次思索。她以精神的至纯追求，平复了现代人为物欲所累而带来的不虞。这样的选择无疑是独特而清醒的。

申力雯热爱生活，她把家料理得简洁、雅致，100多平方米的居住面积被划分成客厅、卧室、书房、茶室，长长的阳台，宽阔的视野令你有坐拥风景的快意。申力雯一提起她的面对风景的屋子，脸上总是流露出很虔诚、很满足、很感恩的神情。她说："在北京我有这样一座面对风景的屋子是上帝对我的恩赐。"

读书是申力雯生活的重要内容，书是她交流思想情感的朋友。她爱书就像爱自己的生命那样，无法想象，没有书的日子对于她会意味着什么。现在的书她基本不看，前些天她买的是有关茶文化和老北京胡同的书。申力雯深情地说，她永远喜欢的书是《红楼梦》《瓦尔登湖》和都德的《磨坊书简》。

死亡是生命的终点，不同的人对死亡的理解是不同的。对生活无限爱恋、对生命无比珍视的申力雯，内心洋溢着浪漫情愫。她对死亡的理解像一首静美的诗："我很希望和死亡有个约定，因为那是另外一种形式的生。只要我的生命还有3天，我不会落泪，甚至还会有一种莫名的兴奋。我会依然把房间打扫干净，买一束鲜花放在茶室里，做一顿我最爱吃的蘑菇鸡蛋胡萝卜素饺子，再泡一个热水澡，一边听着《秋水伊人》这支曲子。然后乘飞机去北欧，去那里领略北欧的森林和城市的宁静与柔和。我走的时候不必有一个亲人，不要，一个也不要，因为我去远游了。"

想要全面深入地了解一个人、一个作家，仅仅两个小时的采访是不够的。然而，只要我们能用心细细品读她的书，以平等的心态与她交往，你便会真实、准确、深入、完整地结识她，从她的生命中汲取力量与智慧。

京城闲妇·申力雯文集　只因我认识了你

目 录
CONTENTS

我为什么创作	1
答友人	3
闲妇不闲说	7
京城闲妇	13
一间自己的屋子	14
快乐时光	17
开在岩石缝里的花	21
我的「私家花园」	26
随　意	29
厨房中的女人	32
街上的风景	35
居家琐记	38
午后寄语	41
闲妇闲说	43
闲妇的疯狂	45
在家的女人	47
不读书的理由	50
闲妇在线	52
与狼盛装共舞	55
逛街的乐趣	60
我心中的瓦尔登湖	63
坐在面对风景的屋子里	66
生命中的星期六	68
答记者韩云	70
家的感觉	73
「闲妇」自白	74
名人疯狂访	76
春日秋祭	78
偏偏在秋季	82
人生无悔	84
外婆的家	87
擦油烟机的孩子	89

再见，「面的」	91
宋妈妈	93
银滩一日	95
节后闲话	98
永远的二月兰	100
芒街掠影	103
二姐	105
口琴	110
九寨沟风情	112
卖唱女	115
校服像青春旗帜远远飘忽	117
五十岁的朱小姐	119
最后的皇族	123
柳小妹	126
哭泣的山羊	129
输液：滴滴是血，点点是泪	131
一个钟点工的自述	135
穷人的生计	140
在美国当保姆	146

诗歌篇

生命的鲜花	153
午夜的电话	155
画册	157
心的憧憬	159
生命的瞬间	160
只因我认识了你	162
眼睛	164
山的那边	165
三十五岁的「青年」	167
雪夜	170
晚霞（一）	173
晚霞（二）	175
告别梧州	177

我为什么创作

我爸爸妈妈都是文墨人,盼我长大致力于文学,故取名"力文"。

我少时读了《红楼梦》,颇觉晴雯就是我的影子,从此便执意易名"力雯"。为此妈妈很是不悦;大概因为晴雯不是幸福的女人。

我自幼喜爱演艺、写诗。曾在我十七岁时,在学校扮演过《雷雨》中的繁漪,为此很迷恋过一阵戏剧。

可怜我命运多厄,"文革"斩断了我求学深造之路。寒冷潮湿的农村生活,使我染上了终生难以痊愈的肾病。那时,"我正值人生最灿烂的年华"!

失学、疾病下的煎迫,造成了我成长过程中的阴影。但由于我不轻易妥协的天性,在无奈的日子里,我从师于著名中医,并有幸考取行医执照。从此,我就以医生为业,自得其乐;现又热衷于精神分析,想做个好的心理医生。

我一无所有,唯有的只是爱。深夜,窗外依旧飘着潮湿芳香的空气,书房里依然响着柴可夫斯基的"忧郁小夜曲"。当我面对着自己十四岁少女时的习作,虽然它们是一张张平面的绘图,但却延续着青春的浪漫,纯真奔放和妄想。只有那样的年龄,才会有那样的色彩和音响。

我深深地感到世间的一切事物都是不会再重新回来的。

窗外是无数颗离我越来越远的星辰,我看见它们一颗又一颗冷冷地消失在我无法触及的地方,我说不清它们的距离有多么遥远。

我一无所有,唯有的只有爱。文学就是我唯一有着万种风情的情人,一旦与他结缘,便终生撕扯不断。

时间永远是放在我心中的一首诗,经过时光的过滤,便沉淀出所有的昨天，并延续着今天和明天。

也许他并不那么完美，可我却如此忘情地爱着他，包括他的缺憾，全部的缺憾。

行医之余写点东西，聊以消遣，犹如我喜爱赏花、散步、听雨、观云……

不曾想，几年来写来写去竟陆续发表了中短篇小说及诗作五十余篇（首），尽管它们还都不成熟。

热心的读者给我寄来一封封信，仿佛袒露一颗颗赤诚的心。挚友们劝我结集出书，且无私地倾尽心力相助，我感动得只是流泪。我自知还不成熟，却难以拂逆读者和朋友们的好意。

我最怕有人问我，"将来作何打算？"这句话问得太钝太直，更怕有人对我期望太多太大。

我喜欢的是诗一样的自由人生，生命对我是一次尝试，也是一次游戏。我并不愿活得太累，玩得太认真。

如果能把信手拈来的东西，都渗入我有韵味的日子，也许这就是创作吧。

当我最寂寞，最痛苦的时候，也就是我创作力最旺盛的时候，但我希望那样的日子不要太多。

1989.4

答友人
——不褪色的风景

谢星文：

"京城闲妇"是近期一本挺火的畅销书，四月份出版到现在，已再版八次，并且读者的热情始终不减。你怎样看待这一现象。

申力雯：

现在的人生活得太热闹、太务实，也太功利，这是受商业利益驱动使然。而我过的是另外一种生活，宁静、淡漠、远离人群。这种生活与大多数人的反差比较大，可能会引起一些人的兴趣。

谢星文：

您怎样理解"闲妇"这一称谓？

申力雯：

"闲妇"有一种自嘲的意味，其实是一种生存状态，特点就是一个静字。我最喜欢的生活方式就是一个人喝茶。我有一间干净的小茶室，屋子有扇稍大的窗子，窗外是一片绿荫与湖水。屋子里的风景不聒噪，茶桌上只按季节插花一朵，不是一束，纯白的一朵，绝不是色闹彩喧的一束。茶很淡，备茶的女人要清雅，眉宇间有浅笑淡然。但是我没有"纤尘不染"的朋友，我只好自己与自己交朋友。我常常是一个人喝茶，"寒夜兀坐，幽人自务。"自古以来，独自喝茶是做个好学生的基本功。一杯泛清的茶，还有一本好书陪伴如《瓦尔登湖》，这是我人生最佳的境界。

谢星文：

在你彻底闲适的背后，是否有着"躲避"的意思。

申力雯：

那要看如何理解和认识"躲避"这两个汉字了。我总是避免与人的厮混，逃避与人利益的冲突。因为我觉得每当人与人之间为利益滚动和冲撞时，那是对人最大的污染，为此我常常心里很乱，有窒息之感。我的逃避是一种对生命的觉悟，我首先获得了心灵的自由，给生命永恒的假期，让生命游于自由状态，于是我沉淀了自己，剔除了渣滓，流出的是香浓的奶汁。一个人真正地静下来，所有的时间都属于自己，那是一种难得的拥有。只有这种时候，我才真正属于自己，我的心灵才能飞翔。

谢星文：

作家的创作是离不开人群与生活的，你这种隐居的闲适的生命会对创作有什么影响吗？我很想知道。

申力雯：

隐居与读书需要有一颗朴素淡泊的心。静是一种清静无为的人生状态。在现代社会工商化生活主宰世界，令人躁动不安，心理与精神尤其需要静的滋养。隐居与独自喝茶，首先能把现实生活罩上一层雾，水中月、雾中花那是一种朦胧美。由于隐居与生活产生了距离，于是烟雾把粗糙的现实变得柔和了，使生活看上去很美，使人有活下去的慰藉和希望，因为这种距离有意无意制造了我与生活的陌生感。陌生感对创作是十分必要的，它会更新人看事看物的角度，如果与生活贴得太近，人就容易丧失了视觉，什么也看不清了，甚至丢失了自己。与生活拉开了距离，我便获得了一种警觉与清醒。对生活一味地介入，人容易变得麻木、糊涂。我就像一块冰，冷冷地站在一角观望着滚滚红尘中的人来人往，这样我便守住了激情，守住了对生活的新鲜感。

谢星文：

您的创作是一种什么状态呢？

申力雯：

我的创作即是沉入与逸出，沉入即是入世，逸出即是出世，是由深沉到潇洒飘逸冷静的转化，是一种潜入。艺术是流动的，但不是水的流动，而是雕塑的流动，写作是我灵魂唯一的出口，流出了我就平静了。写作对于我是一种沉醉，一种文字的舞蹈。有时生活在我眼里是变形的，那是一种艺术的真实，有时我在生活中是个猎人。

谢星文：

读您的小说，好像在欣赏理想主义的风景画。这是一个审美观、价值观开始变形或者颠倒的时代，有些东西正在悄悄地瓦解、变形，一颗曾经敏感的心已结了一层层老茧。你的小说写作出发点好像来自理想化的情结，是理想化光芒多方面辐射的结果。新作《女性三原色》虽然是个小说集，但对作者似乎有一个包括自传却又超出自传的了解。

申力雯：

（笑）可能作品中女主人公的气质有些与我相近，但决不等于是我。

谢星文：

小说中这些女人在充满生机的同时，却又在眼底眉梢常常带上一种令人难以觉察的忧伤。她的生命似乎是一种等待，由于她的矜持和自尊，她似乎只能选择等待。《女性三原色》比较集中地表现了这种非功利性的感情，这在现在已不多见了。

申力雯：

你的谈话令我想起古老长城上在风中摇曳的荒草，我不禁想唱《送别》这支歌。说到这，不知为什么我想哭。爱情是什么，就是在雾气笼罩的玻璃窗上，我悄悄写下的一个名字。衬托着蓝天他显得那么纯净高远，爱只是感觉不是触摸，这是初恋的感觉。当然中年人的爱情会变得实际，但理想主义的风景画，在我心中永不褪色。

答友人

谢星文：

你的小说非常散文化，当然这首先来自作品中的真情。在一个真情受挤压的时代，你依然执着，仿佛执着地注视着每日西天落去的如血的残阳。有些凄美。

申力雯：

我别无选择，因为选择也是一种宿命。

2000.10

闲妇不闲说

我的人生梦想乃至最快乐的时光是踩着这条街度过的——北京灯市口大街。少女时代在这里读书——北京女十二中（贝满中斋），谢冰心先生毕业于此校。谢冰心先生说："那时的贝满女中是在灯市口公理会大院内西北角的一组曲尺形的楼房里，在曲尺的转折处，东南面的楼壁上，有横写的四个金字'贝满中斋'——那时教会学校用的都是中国传统的名字：中学称中斋，大学称书院，小学称蒙学。这所贝满中斋是美国人姓Bridgman的捐款建立的，贝满是译音。走上十级的台阶，便进到楼道左边的一间办公室。有位中年的美国女教士，就是校长吧，把我领到一间课室里，递给我一道中文老师出的论说题目是'学然后知不足'，第二天我就带着一学期的学费（16元）去上学了。到校后检查书包，那16元就不见了，在校长室里我窘得几乎落下泪来。裴教士安慰我说：'不要紧，丢了就不必交'我说：'那不好，我明天一定来补交。'"

我进校时，时代已经变了，墙上贴着标语："做有文化的、有社会主义觉悟的劳动者"、"为共产主义事业好好学习天天向上"。我最喜欢的是校园中尖顶的灰色教堂，像童话中的梦境。这所中学仍然保留着一些贵族的矜持与优雅。如钢琴房是开放的，学生可以随意练琴，教师依然保持着特有的尊严与教养。这里的学生大多出身于知识分子的家庭，聪慧活泼。那时我们这些十二三岁的女孩，经常在教室里独出心裁地表演莎士比亚的《奥赛罗》、《第十二夜》，还有曹禺的《雷雨》。曹禺先生的第一任夫人郑秀是我们的外语老师，她是一位有着细瓷一样皮肤的窈窕的大家闺秀。当岁月渐渐逝去，我才发现这段生活对我具有异常的渗透力，并像雾一样弥漫开来，渗透到我的生命里。

生命的本质就是不断地分离，不断地割裂。我们先是和童年告别，然后与少年告别，再是中年，最后与自己告别直到坟墓。人生就是不断地赶路与奔跑，奔跑永远在继续，但生活不会永远继续。在流逝的岁月中我发现自己太匆忙了，匆忙得没有体验，没有顾盼也没有忧伤，我们总是在奔跑中追逐着路标。其实人生是没有归途的，人生是一次单程的旅行，在匆忙的奔跑中我们就消失在其中。

生命是一次盛情的邀请，邀请你去体验，年轻时你轻快的双脚像是舞蹈。生命又是一次走向对立面的过程，并潜伏着危机与痛苦，所以生命才有了重量与质感。生命也是一次不断被剥夺的过程，直到时间剥夺了自己。年老了，一切都被索回，你的感觉（味觉、视觉、听觉）、你曾拥有过的美丽与活力……统统被索回，没有人记得你，没有人在乎你，你像路边的垃圾一样被扔掉了。如果你是个智者，你早应预料到这一切，因为它是人生最后的一幕，也是生命邀请的不可缺少的节目，没有它生命就不完整了。不能逃避，不能厌弃，如果这时你仍然心存快乐与尊严，你便是真正的智者。

后来我工作的医院也坐落在这条美丽而繁华的大街上，医院的胡同口也有一个尖顶的教堂，还有古老的槐树。看到它，想到它，我的心里马上会掠过一首忧郁的俄罗斯情歌。

医院里有形形色色的同事和上司，也有形形色色的患者，在这里我生活了20多年，对于他们我了然于心，离开他们却难以释然。这样一个小医院如果不依托这个寸土万金的黄金段，它一文不值。在这里，看病的患者的素质远远高于医院本身的素质。在这里我度过了自由散漫的20年，度过了对医学从亲密到疏远但从未背叛的20年。在散淡的阳光下，我度过了许多散淡的日子。青春在散淡中消失了，现在只留下几帧发黄的青春的照片，脸上带着像玉兰花那样的笑容，有种不易闻到的清香。我常常在想，她曾是我吗？

我爱读书，每一个人就是一本书，我翻阅着它，我对人有一种奇异的探索的兴趣。我徜徉在人的书海中，在利益的冲突中令人感到窒息，在情感的交往中有时让人迷茫。当然也有一些好的时光，那是雪后从教堂的尖顶飘下来的一缕阳光，那是一种像伞一样的阳光。它遮住了现在，梦想自己生活在另外一个悠闲自由的地方，或是在秋天的午后漫步在故宫的僻静的角楼下。那时我的心会像云一样舒展，默默地念着："前不见古人，后不见来者。"

当我意识到时光已流逝了，这些人，我一生中所认识所知道的人，他们还活着吗？活得好吗？他们命运的轨迹是怎样运行的？我常常思索。

时光像水一样流逝了，我的心好像在水中漂游。有时我常常会想起住在米市大街一条僻静巷子里的陈露——我曾为她看过五年病的患者，一位虔诚的基督徒。她的宁静整齐的小院已被铲为平地，我不知道到哪里才能找到她。我常常会怀念我们交往的日子：一杯水，一本圣经，听她轻声慢语，这都已成为往事。

无量大人胡同已改名为红星胡同不久又将消失，这是一条印满我少女脚印，洒满我少女笑声的胡同——我每天上学必经的胡同。现在我经常会看到一个背着花书包一蹦一跳的小女孩模糊的背影，隔着时空我看到了自己。在这条胡同里住着我的同桌——一个法国女孩妮娜，她早已去了法兰西。妮娜有着一个很中国的名字：华国英，我们常在她家庭院的紫藤下跳皮筋，她有着金黄色的头发，像海水一样碧蓝的眼睛，并会写出漂亮的文章。她告诉我，她长大了想做个旅行家。现在紫藤早已枯死，翠绿的爬山虎早已没了踪影。这个宅院是她家的私宅，听说也要拆了。妮娜的歌声好像依然在这废墟上飘扬，那是天籁的歌声。

过去的过去了，消失的消失了。脆弱的生命也一点一点被时间蚕食，我蓦然回首，几十年人生的轨迹有多少抗争是无意义的，有许多辛苦是徒劳的。人本应云淡风轻地过日子，生命也有它自己的归宿，人所能做的是很有限的。

回味我走过的几十年，其实我什么也没做。医生的职业维持我的生存，至于写作那不过是信笔涂鸦。不过我似乎真诚地扮演了两个角色,一个是"京城闲妇",我按照自己的意志,自由自在,无牵无挂地生活着,建立了我心中的"瓦尔登湖"。瓦尔登湖是我的圣经,我灵魂的栖息地,我的田园交响乐。在瓦尔登湖精神的漫步中,我成了幸福的孤独者。

第二个角色即是"京城教妇"(戏言),这不仅仅是因为我从事过心理门诊及写了一些引人关注的文章。我惊讶于自己从儿童时代起对人心理能量的透视和对人纷乱思绪的梳理,及近于巫术的对事物走向的判断。我总感到冥冥之中有一种火把能照亮我,我再用余热和温暖点亮需要我的人。人的一生就是寻找自己和神的过程,找不到自己就是一颗流浪的种子,找不到神就只能摸索在漆黑的夜里。少女时代的心高气傲早已荡然无存,那时只想做花园里的牡丹,而经过时光的历练,我已能看懂一切荣华富贵。不再羡慕松树的高大,也不垂涎葡萄能结那样多的果子,不再羡慕紫丁香的花香四溢,也不嫉妒迎春花第一声鸣春的娇媚与跋扈,我是一颗种子。神让我开什么花就开什么花,该长什么草就长什么草。无论是在寂静的荒野还是热闹的庭院,无论是凋零还是盛开,万物自行消长不必去牵挂,让生命自然地流动。我是一朵云,在天空中飘浮,没有目标,没有终极,只是飘浮。

年轻时像所有的青年人一样,喜欢追逐荣耀,一件偶然的事让我明白了荣耀的代价。在我八九岁时,我来到了开门见山出门是水的小村庄。天蓝得像被水冲洗过,水清亮得见底。在洒满阳光的小院里,我看到了蛾的茧子。外婆说,它藏了一年。蛾的形状令人难忘:一头是一个细管,另一头是一个球形的囊,就像一个细颈的花瓶。当幼蛾出茧时,它必须从球形囊爬过那条细细的颈管;脱身歇息片刻,马上振翅飞翔在空中。我想,幼蛾的身体那么肥大,而那条管道如此狭窄,我惊异它是怎样从中爬出来而又飞翔的?后来我才知道,蛾蛹是没有翅膀的。它脱茧的时候要经过极艰苦的挣扎,使身体的一种分泌物挤压到翅膀中去,翅膀才出来并强壮起来能在天空中飞翔。从那个时候起我对苦难与荣耀都看得很淡,并随着时间的沉淀而愈加清晰。平时我们往往只看到荣耀与光环，却忽略了深埋在荣耀之下的痛苦与磨难。无论是怎样一种荣耀，即使是令人唾弃而表面是五光十色的，它也要付出难以想象的代价。也许是女人的尊严与青春，她赢得了另一种尊严。两个尊严的代价相互抵消，即1-1=0。心灵的屈辱在黑夜中滴血哭泣，但她的门是关闭的，连一条缝也不让人看见，而让人看到的光环却是放大的专门要向人展示的。

展览荣耀的过程，即是对自身的一种进攻，一种暴力，一种竞争。内在的世界是撕裂的，你的整个生活将是持续不断的冲突与震荡——像钟摆那样从这一极跳到另一极。一个被分割的人就像一个国家处于无休无止的战争状态，正像多灾多难的阿富汗。

常常有人即使是医学界的朋友，也会感到惊异：你在花样年华就得了肾病，怎么今天还活得这样精彩？让我说出秘密。

我总是试图把生命变成一种快乐，秘诀在于没有顾虑地生活，否则生活将成为一种漫长的疾病。我首先学会了遗忘，当一个人健康时你对你的躯体一无所知——身体被遗忘在脑后，只有当身体有病时，你才会挂记，如果你不是膝盖疼，你就会忘记你的腿，我的腿哪里去了？如果你不是头疼，你也会忘记你的脑袋，我的脑袋哪里去了？健康就是忘却，而疾病才是顾念，也是人头脑中一种持续不断的紧张和焦虑，一个压住心口的标志，紧张与焦虑要消耗额外的能量，使我们对每天每日的生活变得烦躁不适应，这样就会损害我们的组织和健康，加速了疾病与衰老。衰老是过分燃烧的代价，把青春当柴火烧这极不划算。当一个人念念不忘自己的疾病，说明你处在一个很深的疾病中，我早已学会了在混沌的状态下放松自己。

在有星星的日子里，我会和我的疾病悄悄地谈话，像朋友一样。疾病的光临从不顾忌人的地位、权力、才华、金钱甚至年龄。疾病决不势利眼，不取媚什么不恐惧什么，这是疾病特殊的品质。它的力量是如此的强大和固执，骄傲的人类总以为能战胜它。我会悄悄对它说：人与疾病不要像军备竞赛一样，那样双方付出的代价都太大。疾病依附于人才能生存，人不存在了它就无所依附了，所以最终失败的是疾病。它望了我一眼，便轻轻地飞走了。

　　淡淡的云，几颗星星挂在天上，寂静极了，多么像人的一生。

2003

一间自己的屋子

当母亲身体日渐虚弱,父亲也步履蹒跚时,我开始有了生命的忧伤。人到中年,长期的肾病所显示出的各种令人沮丧的生命指数,我常常感到死亡像一个巨大的黑影越过高山向我这边扑来。很长时间我都无法战胜这种恐惧。后来我读了一些宗教哲学的书,我说不清为什么它会给我一些快活。一切对生命的挂虑只会损害有用的生命,人本可以依靠信心去飘浮的,但由于恐惧与挣扎而往下沉。生活中的灾难、沙漠、眼泪都是一些插入的乐章,并不是最后的精彩。

我也会思考:躯体是什么?躯体像一个屋子,随着岁月的风雨剥蚀,有一天它会塌垮;躯体又像是一片碎玻璃。屋子里住着我的精神我的灵魂,我想她是绿色的精灵。如果屋子没有了,我的灵魂我的精神会失散吗?于是我又多了一份牵挂,我常常想给她找一个安静美丽有云有水有山的房子,这样我才安心,于是我想起了写作。

人们,即使是最亲近的人,也不会手拉手地一起来又一起走,每个人的内心都是一片原始森林、雪野和未踏过的草地。在世俗的世界里,人们常常为利害而捆绑在一起,我常常为此感到厌倦和劳累。我是一个喜欢独处的人,每当我独处时,心灵就会流出许多东西,那也许就是生命的精彩。

1999.5

京城闲妇

闲妇叫华秋，住在北京城北，朋友们都称她为京城闲妇。她的确很闲，闲对于她不仅是一种生存状态，也是一种自然，一种享受，甚至是一种哲学。

其实闲妇不闲，无论是为了生计还是为了乐趣，她都不能真正的闲。"闲"是一种心境。人到中年，历经了人间的烟雨，也看到了生命的尽头，这是一种清醒，也是一种觉悟。女人的风采并不一定在于华美的衣裳，青春的艳丽，而在于她的悟性。有悟性的女人清朗有灵性，为人处事有张力，也善于在妥协中巧妙地坚持。闲妇不屑于在急功近利的人际市场上出售自己，她也不购买任何商品。当今有些人精心进行商业包装，然后以最快的时速把自己变成热门商品抛向市场，她更不屑于以此为伍。闲妇隐居在世俗里，静静地观望。她常说，人景是最可观赏的风景。闲妇心静如水，人淡如菊，进退有度。她说人生的诸种繁杂沉淀下来不过只有一个简单的命题：人只能活一次，这是常常被我们遗忘的常识。正是基于这一命题，她理性地选择了安闲的生活方式。千千万万年的日日月月犹如水逝、风卷。作为个体的人，她的来与去轻得不留一丝影迹。于是她不愿身为形役，为钱、为名、为利到处磕头作揖笑脸迎送。她懂得人生的轨迹，就明白了必要的放弃与必要的追求。闲妇热爱悠闲的生活，是由于她酷爱人生，懂得生命所致。有一点必须澄清，她所崇尚的闲，并不是有钱人的享受。事实上一个人为维持生存所需的物品并不多，也并不需要太多的金钱。悠闲并不是有钱人的专利，闲适常常使人感到自己是生活的主人，所以闲妇的闲是平民化的，享受闲适的生活，重要的是要有艺术的心性和旷达的胸怀，能看破人生虚名浮利的种种诱惑。生活中的许多东西是出于自然的思索，如灿烂的阳光，清新的空气、清风、明月、绿树、花草、山村和农野。这些无偿的给予，你感悟了享受了，你的生命就富有了并充满了生机。这些本来唾手可得的东西，往往被我们丢弃了，这是生命资源的浪费。

闲妇总是适当地拉开与生活的距离，她虽然喜欢探索人的心灵，但却不喜欢与任何人频繁的交往，这会令她恼火和烦心。她总是坦诚地到大地上去走一走，她始终在寻找秋天的白桦林。纷纷的落叶像一只只小鸟，不时轻轻落在她的肩上。在落满树叶的白桦林里漫步，脚下响着一种好听的声响，就像踏在冬天的积雪上。当她用手触摸白桦林光洁的躯干，便情不自禁唱起了歌："在乌克兰辽阔的原野上，在那清清的小河旁，长着两株美丽的白杨，那是我们可爱的故乡……"于是思绪又回到了过去的年代。

闲妇常去颐和园的苏州街，去品味清代宫廷文化又可以领略吴越文化的韵致。她常常去嘉荫轩茶楼，那浓郁的宫廷色彩很吸引人，但她又不进入人来人往的茶楼，而是顺石阶而上，走到石阶尽头的亭子里。亭子的角度很好，不仅可以领略苏州街的全貌，更重要的是欣赏西山的风景。品着绿茶吃一碟南味干果，无论想什么或不想什么都已神清气爽。直到夕阳隐到山后，她又沿着长堤走向归途。

闲妇喜欢乘汽车满街逛，扒着窗户看窗外的街景。车在飞驰，风景也在变化。窗外掠过酒店、银行、摩天大楼的尖顶，外墙上挂满了彩色广告的超级大厦，她心灵的窗户也洞开了，许多往事或无暇思索的东西，这时都流动起来。她的随身听里放的是老音乐，望着窗外现代化的街景，好像是在欣赏一部放错了主题的老片子，这种时空的交错令她恍惚。

闲妇喜欢画，她常去去画廊看看，也常去博物馆参观。她说博物馆不一定在于知名度而是它的平和，因为文化是不能割裂的。桌上摊开的稿纸张着嘴等她去填写。她喜欢把家里收拾得干干净净，最喜欢的音乐是俄罗斯作曲家鲍罗丁的《在中亚细亚草原上》。墙上挂着欧洲古堡的油画，她不会忘记的是每天给家里人做出可口的晚餐。闲妇一个人对着墙壁依桌静坐时,眼前不是封闭的墙,而是广阔的世界。脑子里的线路与外部世界始终接应着,必要时她也会切断电源。

  闲妇活着却又在生活之外,做自己想做的事。她不介入任何圈子不看任何人的脸色行事,远离名利场的角逐,如同生活在田园牧歌里。她决定给自己自由,给生命放假,做自己生活的主人。

2000

快乐时光

回想起我对语文的兴趣,首先来自那段快乐的时光:我的少女时代是在北京女十二中就读,前身是贝满中斋,谢冰心先生毕业于此校。冰心先生说:"那时的贝满女中是在灯市口公理会大院内西北角的一组曲尺形的楼房里,在曲尺的转折处,东南面的楼壁上,有横写的四个金字'贝满中斋'——那时教会学校用的都是中国传统的名字:中学称中斋,大学称书院,小学称蒙学。这所贝满中斋是美国人姓Bridgman的捐款建立的,贝满中斋是译音。"

我进校时,时代已经变了,墙上贴着标语:做有文化的、有社会主义觉悟的劳动者……我最喜欢的是校园里尖顶的灰色教堂,像童话中的梦境。这所中学依然保留着贵族的矜持与优雅,钢琴房是开放的,学生可以随意练琴,阅览室有各种中外期刊,图书馆藏书颇丰,并摆满了鲜花,教师保持着特有的尊严与教养。给我印象最深的是语文老师张仲立,那时我们十二三岁,以现在的眼光回忆她。那时的她至多不过20岁出头,但在当时我们便觉得她是个了不起的大人了。她身着长长的裙子,衬着修长的身材,挺拔得像一株春天的白桦树。她的干练、洁净和美丽令我十分愉悦。最令我们高兴的是她总是结合课文给我们讲一些故事、寓言和成语。她从不让我们刻意地去记住一个词,或一个词写十遍之类,而是让我们造句或编故事,这样在学习的过程中便有了创造性与活力。她鼓励我们写日记,只要写,写什么都可以,可以写事也可以写感受,重要的是真实。她说,日记是你们自己的内心生活,不是作业,更不是要展览的,所以我决不检查;你们只要坚持去写,养成一种习惯,等你们到了五六十岁的时候就是一部历史了。所以至今我依然保持着写日记的习惯，并给我的日记起名叫"梅思"，因为我是冬天生的，喜欢梅花也喜欢思索。梅正像另一个我，我常常自己对自己倾诉，日记陪伴我度过人生的如水年华。

张仲立老师注意培养我们对语文的兴趣和生活的热爱，这样其他的诸如预习、分段、记生字词，写主题思想，段落大意，背作家小传都在兴趣与热爱中融入于心了。

她很善于寓教于乐，年少的学生与年轻的老师在一起是快乐的。她有一种蓬勃的精神，浑身像装有弹簧，有弹性与张力。元旦她与我们一起开班会，她常给班上一长串鞭炮和几支红烛。她亲自到院子里将鞭炮点燃起来，噼噼啪啪好一阵子。满教室的烛影摇红和少女们的笑声洋溢，在欢乐中老师要我们围绕着灯、炮、烛编谜语。我们永不会忘记那个幸福的除夕夜，至今回忆，尚鲜明如昨。

初二我们班都养成了读课外书的习惯，那时我爱读的书有《红肩章》《远离莫斯科的地方》《红楼梦》《冰心散文选》等等。每读一本书，我们都写读书笔记。墙上还开辟了一块读书园地，供大家交流。

张仲立老师经常鼓励我们去看电影。她说，电影使文学具有画面感，流动感，有助于培养我们对文学对人生的思索，所以"红星"、"大华"影院是我们常常去光顾的地方。我最喜欢的电影是《乌里扬诺夫一家》，我非常喜欢列宁的哥哥，至今还是我的偶像。

那时我们这些十几岁的女孩子已经开始演话剧了。当然有一种游戏的性质，其中有苏联话剧《毕业生》、日本话剧《到温泉去》。虽然只演些片段，但我觉得很投入，很有意思。导演就是我们的语文老师。北京人艺就在我们学校旁，人艺的宿舍在史家胡同。我们经常在街上或胡同里看见舒绣文、赵蕴茹、朱琳、刁光覃、于是之、焦菊隐、蓝天野……我们常常走过去和他们讲话，他们待我们也很亲切，有时还邀请我们去剧院看彩排。虽然初中的生活只有三年，可当岁月渐渐逝去，我才发现这段生活对我具有异常的渗透力，并像雾一样弥漫开来，渗透进我的生命里。至今我对文学的热爱、气质的形成首先来源于这段生活的熏染。

当红领巾从我胸前消失的时候，我去北京师大二附中读高中了。那时我已长成一个多愁善感的15岁的少女。高中有两个班，我被分在高一（一）班，教我们的老师是北京师范大学中文系的李文林。她慈爱而严谨，有很深的文学底蕴。如果我觉得高中的生活有些枯燥的话，李文林老师的语文课是我心中的一片阳光。我们读高中所用的教材完全是师范大学编写的，而不是普通高中的统一教材。记得第一堂语文课讲的是鲁迅先生的《呐喊·自序》，第二堂课是鲁迅先生的《故乡》。我惊异李文林老师教书的精辟与讲究，对语言有一种天才的感悟力。对于难懂的古文，她会涣然冰释般怡然地诠释着，像音乐一样流畅并充满了美感与节奏。她要我们注意日记的积累与提炼，像讲《故乡》中夏天的瓜园。鲁迅先生用了充满色彩的语言：碧绿、橙黄、金黄……衬托了闰土活泼的性格。如讲朱自清的《荷塘月色》，老师详细地给我们讲什么是"文眼"，那时我第一次听说文眼。这篇文章的文眼仅仅是开头的第一句话："这几天颇不平静"，给整篇文章做了层层的揭示，创造了静的境界，点染宁静的氛围。荷塘小路的幽静，淡淡的月光，烘托着荷塘的静谧，烘托作者内心的波动。老师要求我们找出文章中的多处叠词：婷婷、密密……使荷的颜色典雅清丽，雅而不俗，像淡淡的水墨画，并给我们讲解了通感的修辞方法即听、嗅、视、感觉的互相沟通，这样丰富了语言的想象。几乎每一篇文章老师都像剥洋葱一样层层剥开。这样初中时代培养了对语文的兴趣，高中时我便能自觉地学习，对于老师讲的每一节课，都很扎实地掌握一字一词一句的意义。老师讲的每篇课文我几乎都能背诵，并阅读了大量的中外名著。如果说初中学语文是自由奔放快乐的，那么高中时代学语言就多少有些治学的意味。

李文林老师的目光像月光那样亲切，我经常去她家玩。她住在护国寺一条僻静的巷子里，自己有一个简朴的小独院。院落里有枣树和丁香，我经常坐在院子里的石凳上与老师清茶一壶，对坐丁香树下，闲谈人生的理想和读书的感觉。有一次我们谈起庐隐的《海滨故人》，老师的眼里竟有了泪花闪烁。庐隐曾执教于北平师范大学附属中学，她的性格极其热情，可她少年时便失父母之爱，长大后又受命运的捉弄。一个热情的人处于那样冷酷的环境，好像一朵玫瑰开在冰之上。她又不幸死于难产，年仅37岁。如果她再多活二三十年，又该有多少好作品问世呀！老师就像我的朋友，一种深情渗入心中。

我高中毕业以后又去老师的小院，只是小门紧锁，邻居说她调往西安了。我呆呆地站在门外，院里高高的枣树倚墙摇着一树的葱绿。从那以后我一直未打听到老师的下落。随着时光的流逝，我对老师的思念愈来愈强烈，并凝固成一种永恒。现在的我韶华已逝，红颜已憔悴，但李文林老师在我心中永远是青春和美丽的……

2002

开在岩石缝里的花
——答记者

生命就像一棵树，树越大，树根就会越深

记者：知道你患了肾衰竭，现在等待器官移植，正在接受替代疗法。我想你一定很痛苦，你怎么在这种情况下完成的新著《女人的穴位》（作家出版社出版）？新著在读者中传播得很广，网上点击率也很高。

申力雯：这首先涉及怎样看待生命的问题。我认为人的躯体只是一个壳，也是一间屋子，里面住着人的灵魂、精神。现在的人，为了这个壳、这张皮，过于忙碌、辛苦，角逐得很残酷，过着物欲至上的生活，而荒芜了精神、灵魂的滋养，这是一种生命的倒置。

屋子久了会塌，而人的精神灵魂却可以永生。所以我一刻也不能忘记对灵魂的滋养，建设我美丽的后花园，因为这里住着我生命的精灵。

问：你认为生命的核心是什么？

答：生命的核心是灵魂。生命的意义有两层，一层是活着，一层是成长。所谓活着：不停地呼吸，不停地吃，变换着各种穿戴，在脸上布置着各种假景，从出身——发育——成长——衰老——死亡，从摇篮到坟墓实质上就是一个慢性死亡的过程，这就是活着。

在宇宙中，成长是人类的特权，但不是每一个人都能获得的，要对生命领

悟。成长意味每一步都接近生命的真实，这不是走向死亡，而是深入生命。当死亡那一刻来到时不过是换了一间房子，换了一件衣服。人孜孜一生，所追求的不过是两间房子，一间是活着住，一间是死了住。我想，活着为了一幢豪宅，极尽辛劳，死了人回归自然，像雨、像烟、像悠悠的云、像飘动的雪、像田野里的麦子，吐着清香；站在山冈上，生命就是这样轮回着，生生不息。生命就像一棵树，树越大，树根就会越深；生命的成长，意味着你内心的深入。你的生命根在那里，这样的人应该是快乐的，每天都在探索发现，而不是一味走向衰老死亡。

问：每个人都可以找到生命的源汁在自己的生命里流动，你有怎样的感受和理解？

答：我想到了画家凡·高。他只活了37岁，生前他一幅画也没有卖出过，没有人欣赏他，更没有人认识他的价值。他一生贫穷，兄弟接济他很小的一笔钱。他一个星期只吃三天饭，剩下四天只喝水，把省下的钱买画布和颜料。在绘画中他感到了最大的幸福，生命的源汁在他体内快乐地流动，他做自己爱做的事。33岁他自杀了，自杀时他很满足，因为他思考很久的"落日"完成了。他很满意。我不愿意想他是自杀，因为他的生命很充盈。他以巨大的强度，从生命火烛的两端，同时燃烧，他走了。他悟解了人间的烦恼和痛苦，但他的画却在全世界传播。每一张画里都燃烧着他的生命，这就是灵魂的不灭。如果一个人活了100多岁，什么事也没做，那他的生命最后剩下的只是一根干骨，他的生命是没有灵性的。

问：你认为怎样酿造生命的源汁呢？

答：这不是一个金钱、权力、势力、声望的问题，而是找到自己该待的地方，干自己想干的事，过自己想过的生活。如果为了功名受尽煎熬，做尽坏事，心为形设，心不自由了，就陷入了生命的监狱，自己变成了心的囚徒。

花开一季，美丽一季，快乐一季。花开花落就是人生

问：你现在的病情确实很严峻，但你的心态很好，很阳光，还坚持写作，这很不容易的，你有什么秘密吗？

答：我是开在岩石缝里的花（笑，笑得很开心），对于个人不能改变的事，我就坦然地接受。我会对自己说，哭泣有什么用？向前走，把一切困苦，看成上帝布置的作业。我绝不羡慕别人，也不自叹埋怨。如果我命中是山坡的二月兰，我就尽情地灿烂开放，迎接着春天，绝不顾盼花园的玫瑰。花开一季，美丽一季，快乐一季。花开花落就是人生。虽然知道前面是深夜的大海，途径难以分辨，但我心灵的火把会把路照亮，以后的日子每一天都是生命的节日。

红尘世界是一个极大的战场，不仅仅是伊拉克战争、阿富汗战争、车臣战争……还是生存的战争，每个人都是战士，为当官而战，为功名而战，为金钱而战，为美色而战，为幸福而战……人与人之间有一点利益冲突就会有"战争"。与人交往是一件费力费心的苦事，我早已厌倦了，只想早日回到和平安详的天国。

问：这样的生活态度是否基于一种启示？

答：在冬天的壁炉里，一根又老、又冷、又硬、又麻木的老树枝，会发出美妙的音乐声，像花开的声音，像雨打在荷叶上清幽的歌声，像窗下的鸟清晨的歌声。这是因为老树枝，在青春翠绿的时候，许多鸟在枝上游戏歌唱，许多晨露在那里歇息。这些歌唱，这些清香，老树枝都收藏在树枝最深处的地方。在猛烈火焰的催迫下，从它尘封的心里抽出天籁的歌声。火焰就是锐利的沉重的疾病，在火的历练下，它会发出天使般的歌声。唱一次就够了，人生就完美了。

问：你把腹透的过程想象成一种诗意的生活，骨子里你很乐观，也很浪漫是吗？

答：在成箱的腹透液上，覆盖上一块精美的装饰布，布上印有快活的绒毛小动物，还有盛开的鲜花，这种反差常常让我感动，暗示了我活下去的愿望。

每当我躺在床上，看到晶莹的腹透液一点一滴渗入我的每一个细胞，包裹着我的身体，它让我复活了，这是生命的圣水。我像枯萎飘落的干花，在水中复活了，充盈了。我在腹透时或读书，或听音乐，或望窗外的云、风筝，还有飞翔的鸟。我进入另外一个世界，很安详。

问：你非凡的生活和写作充满了个性魅力，能谈一谈吗？

答：到处是生活，只要自己有感悟能力。能吸吮生活的精华，作家的真诚和自然是最重要的，比如我就不喜欢《英雄》《十面埋伏》。这样的片子是豪华的包装，心灵的缺席，情感的空白，这样的片子是无法打动人心的。我始终注意读书、观察，把我心里沉睡的东西唤醒，有一种创作的冲动。我关心周围所有的声响，人的生存状态。如我住协和医院时，我把住院看成是观察、体验生活的一个浓缩的小社会。人与人的关系是立体的交错的、复杂的、矛盾的、网络的，病人和医护人员、病人与病人、病人与家属、家属与家属、护工与医护人员，护工的生存的状态及整个医院的医疗风气、做派特点，都一一突现。所有人性的美、丑、真、伪都会呈现，激发你的兴趣去探索和研究。生活是暂时的，在生活里，所有的瞬间都会消失。生命是种轮回，我愿把瞬间记下来，为以后的人留下记忆。

我的婚姻生活，可能是对现代爱情婚姻的
一种颠覆，因为我相信爱情的永恒

问：你的新著《女人的穴位》对女人的爱情婚姻给予了极大的关注。现代人对爱情婚姻持有一种怀疑的态度，知道你的婚姻很幸福，可以谈一谈你是怎样经营的吗？

答：我的婚姻生活，可能是对现代爱情婚姻的一种颠覆，因为我相信爱情

的永恒，婚姻的稳定。李敖的歌词"不爱那么多，只爱一点点"很流行，我却认为"不爱那么小，爱情深似海"。我和先生二十几岁就结婚了，他刚刚大学毕业，是学工科的，具有工科人员的一切特点：单纯、诚实、专注。我从小生活的圈子文学艺术的背景较浓，我极不喜欢这个圈子里的人。我喜欢纯洁质朴的生活，我们走到一起了。多少年来的相濡以沫，彼此支撑，相依为命，信任与爱，在我们的心里扎了根。当我病情严重时，在医院里我坐在候诊室的长椅上，他去拿化验单，他与我距离不过3米。他站在那里一动不动，用不详和焦虑的目光注视着化验单。我向他招手，他茫然地挪动着脚步，那段路仿佛不是3米，而是300公里，当我看到肌肝7.2，BUN103时，就仿佛二战时的犹太人，听到奥斯维辛集中营，我无力地靠在椅子的后背上。那是我一生中最黑暗的日子，我是医生，我明白以后的日子是无望与磨难，我想尽快了结生命。我先生马上坐下来，在我耳边轻轻地说："别怕，别怕，我永远在你的身边。"那声音很低，很低，是从他的心里深处发出的，还淌着血，我仿佛听到血一滴一滴地流到我心里。他又说"我要把肾给你，我一定要救你。"我说："坚决不行。"他说："如果你走了，我活着还有什么意思。我们俩是一个生命，决不能分开。"

有一天夜里，我对他说，如果我走了，把我葬在一个山清水秀没人去的山冈里。他含着泪水说："不，我一定要陪着你，你一个人在那里太寒冷，太寂寞了，我不忍心。"我马上把脸转向窗外，悄悄地流着泪，窗外是清冷的月光。

记者：这太令人感动了，我都不知道该说什么，这是最经典的爱情，我相信爱情会创造奇迹。你一定会好起来的。

申力雯：生活会永远向前，日子也会分分秒秒地过，我不会停下脚步。我是开在岩石缝里的花，它也要开放，也要歌唱，也要播撒着清香。

我想到一种鸟——荆棘鸟，它的胸前扎着荆棘，它一生只唱一首歌，歌声动听得让人心碎。唱着唱着，一直到再也唱不出一个音符，直到生命耗尽。它的一生只为这一次凄美的歌唱，只为这一次。

2004.10.21

我的"私家花园"

"私家花园"这个名字好吓人呀!朋友们不禁要问,申力雯你一个清苦的读书人哪来的"私家花园"?

凡是一种东西,只要你懂得欣赏它,享受它,与它交流沟通,它就是你的。地坛就是我的"私家花园",这是多么朴素而豪华的拥有。

紧张而浮躁的现代人,他们对周围的环境多了一层心灵的困境——冷漠麻木。当他们闲暇时经常想到名川大山甚至到国外去旅游,对身边美的东西反而感到陌生。当今旅游是一种时尚,也是一种消费。旅游需要三个条件,一是有闲、二是有钱、三是有健康,三者具备实不是一件易事。

我们作为北京人是很幸运的,北京这座文化古都蕴藏着丰富的旅游文化资源,它就在你身边。重要的是你要有一颗善于感悟的心,因为人的心性决定我们是否能觅取较高的生命价值和丰富的审美内涵的享受。

人活在世上就会有各种困惑和痛苦。我作为一个文化人感到痛苦中最真实的是"激情"的折磨。情感、意识、思绪像多头的瀑布,澎湃的江河。这时,我唯一的自救就是立刻切断一切与纷纷外界的联系,不接电话,关上音响,丢开书报,推开稿纸。然后,我穿上宽松的休闲服,踏着白色的旅游鞋,胸前像儿童那样挂着一张地坛月票,迅速奔向我的"私家花园"——地坛。它总会给我一次精神的修复和心灵的调整,享受一种精神的大补。

地坛的四季让人感到自然与生命的交融,它的自然力的爆发、交替、变迁展示着生命永恒的伟力。没有任何东西可与自然所带给我的慰藉相比——因为它，我才快乐，而快乐是我对生命的选择。

　　下雪是个欢乐的日子，冬雪像钻石一样，在太阳光下闪光。还有落在树上，让人心动的软软的像棉花糖一样的华彩。

　　冬天把人引入沉静与思索的状态，喧闹的人群会显出一些安宁与幽雅。

　　阳光灿烂的日子，冬雪会悄悄融化。我站在松树林的亭子里，倾听着残雪在屋檐下嘀嘀嗒嗒的声响，地坛的树林罩上了一层淡淡的忧伤。那时，我会想到童年、水井、风车、春天……

　　春天的音响是美妙的，我在地坛第一次听到了春的声音。那是一只红色白嘴长尾巴的大鸟，我在想它从哪里来，经过严冬之后，它是怎样复苏的？它在一声声地啼叫，尽管它的叫声是匆促的，那声音让人产生诗一样的梦想，春天在鸟的喉中凝冻成悦耳的声音，它催促深埋的春的生机。不久草绿了，各种鲜花竞相开放。

　　色彩是生命的原色。地坛的秋像一只神奇的笔，把色彩泼洒得独特而华丽。树林从紧密的绿浪里——恢复了个性。秋像一位温柔而有耐性的女人，不是一下子把夏装全部剥光，而是一棵树一棵树，一件绿衣一件绿衣，一片树叶一片树叶悠悠地飘落。红、黄、绿各种色彩糅合在一起，黄中又有淡黄、棕黄、深黄、金黄……展示了色彩丰富的层次与深情。秋天的露珠是暗灰色，凉凉的，它紧紧裹在大树叶里，好像一刻都不能分离。这时，一股柔情会轻轻漫过我的头顶，生命变得如此透明晶莹。

　　夏天，我躺在方泽坛里，透过苍绿的松柏树林，凝望着红墙琉璃瓦，衬着高高的蓝天和云彩。无论从哪一个角度看，地坛都是精品画廊。尤其让我喜爱的是看着娇绿的小草一丛丛一棵棵从青石砖缝里慢慢地钻出来，散发着青草的清香，在微风中细细低语。我倾听着松涛声、阵阵风声、风摆垂柳声、短竹萧萧声，还有一阵又一阵绵密的蝉鸣，我享受着天籁的歌声，尽情领受大自然的美意和赐予我的每一个瞬间。

　　地坛的正午是寂静的，时间分分秒秒从时钟滴下来，生命也恍如伴随着分分秒秒从我身上滴落,我真实地悟到生命的偶然和匆忙。

我在想,人为什么不能像鸟那样自由?像云那样飘逸?像风那样轻盈?为什么人要为钱去受苦?为名去受累?为情去受煎熬?

这时,我突然感到我生命的尘渣在纷纷向下沉淀,我的心好像被什么东西轻轻地托起。渐渐地,我的生命澄清了,重新找回了生命的安详与宁静。

地坛曾是古代皇帝祭地的圣地,今天成了我的花园。

1996.1

随 意

生活中我最怕一见面就问:"写什么呢?""又得了什么奖?"然后便急不可待地说,他干了什么大事,在××地作了讲演,有多少人让他签名,多少人被感动得流了泪,他的名字被收入了某某大词典……这些话让人听起来,非常不舒服,不自然。好名重利是人性的一部分,也是人性最脆弱的一环。

我们都是平常人,平常人就应该保持一份平常心,说平常话,这样,人才活得轻松真实。

人生的乐趣是用一份单纯的心去做自己想做的事。在这重奢华讲收益的现代社会里,物质和利益常常使人迷失,自然的东西离人愈来愈远。愈是这样,我们愈是应该亲近大自然。自然使人纯净,使人回归。

不要把生活看得那样生硬、功利、僵化和目的性太强。生活不是竞技场,我们生活的乐趣绝不能仰仗那些大课题、大辉煌,而是在于那些小事情、小情趣。生活是个立体交叉桥,不是一条单行道,只有随意人才会快乐。

人生像是爬山,如果我们太注意山上那终极的目标,那么一路上的好风光、好山水、好风俗就被我们忽略了。生活是一次流动的过程,我们应重视过程本身的快乐。刻意去追求某种目标,增加的只能是紧张和压力。人生最高的境界就是把一切看来辉煌重大的东西都能淡化,淡化本身就是升华。

记得一个冬天的傍晚,天下着大雪。路上很滑,公共汽车几乎没有,"的士"根本不停。我站在王府井大街上冻得两条腿都发僵了,心情十分沮丧,我茫然地等着望着……心里想,真倒霉,为什么这个凄风苦雨的晚上我偏偏回不了家！站在冷清的马路上觉得十分孤单，我叹息着，不由得仰起了脸。我望着一个个闪动着灯光的窗口，好像在诉说着诸多的欢乐与忧戚。不知为什么，我突然感到自己非常幸福。往日街景的喧嚣一下子沉寂下来了，空气的清新让我觉得置身在山林和泉水中，这是多么难得的拥有。于是，我突然对周遭的一切产生了一种从未有过的眷恋和欣赏之情。我享受着雪、宁静。

我仰着脸张开口，让雪花慢慢在我脸上融化，体味着雪花一丝一丝渗进我的皮肤，那感觉妙极了！雪好像是从星星上飘落下来的，落在地上。在灯光下，雪亮得跟星星一样。前面的路又落了一层新雪，我不住地吹着飘舞的雪花。前面的路上有一只鸟，它飞走时双翼扇起一大团闪闪的星星，我不禁唱起"小雪花飘呀飘呀……"

街上的行人很少，骑自行车的人都不约而同地推着车走，走得慢悠悠的。往日那浮躁的心绪，在雪中沉静了。人们彼此不说话，似乎有一种默契。

我走过美术馆，从不远的胡同里传来了古筝的声音，在雪夜里飘动着，有一种特别的味道。声音好像从一个古老的院落里传出的。那声音是透明的，在雪夜里深情地低吟着，唱着一支古老的情歌。

雪地里有人大声叫卖着："糖——葫——芦——去核的——又酸——又甜——"摊子前，转动着一个用秫秸秆编成的小风车，上面还系着一个风铃，在风中"叮玲——叮玲——"地响着。冰糖葫芦在雪地里显得特别红，好像是春天里的草莓。不吃，只是举着，在纯白的雪天里，举着高高的草莓。

在不远的地方，我看见一个通红的火炉上闪动着火苗。一个戴羊皮帽的老汉热乎乎地吆喝着："热馄饨，快吃热馄饨。"那声音也是滚热的。我端起碗来，双手紧紧地捂着感受它的热气。老汉说："大雪天怪冷的。"又给我添了一勺热汤撒了一把香菜。在旁边的桌上一个操四川口音的后生和老汉谈了起来，原来他们是同乡。他们说起家乡的雪，还说起春节的打算。一个东北汉子讲起了大兴安岭雪天的狼……

这里好像是漂泊者温暖的客栈。

雪在我脚下"咔嚓咔嚓"地响着,这正是冬天的脚步声,我听到了。

　　不知不觉中,我看见了熟悉的灯光。这时,我突然觉得这段路原来这样短,我不由地伸出双臂拥抱这雪中的世界。

　　随意是一种人生境界,会把平淡的甚至无奈的东西变得美好和快乐。

1995.10

厨房中的女人

记得有一次朋友聚会，其中有几位女士表示，厨房的活计与她无缘，全是保姆解决，一副拍手无尘的样子，似乎在表明她的身份和生活状态。

而我的一天首先是从厨房开始的。厨房是我创造的世界，它一点也不亚于写作。记得童年时外婆在厨房的灶台前烧着清香的木柴，在劈劈啪啪燃烧的火苗下，埋着玉米和红薯。那是世界上最好的吃食。妈妈的厨房不再烧柴，用的是煤、煤球、蜂窝煤。妈妈经常把细细的煤末搅成糊状，然后切成一块一块的煤饼，像发糕一样。冬天，妈妈总是早早起来把煤球炉子烧着了。水开了，屋子里暖和了，我才起床。每当我闻到院子里弥漫的煤烟味，总会有一种家的温馨。

长大了，我也有了自己的厨房。这是一个现代化的厨房，一套锃亮的不锈钢灶具显示着某种变化，柴火与煤球已成为经典的回忆。每当我走进厨房总会想到外婆、母亲和我自己。这三个女人在厨房里的故事，时间的流动说明着变化，不变的是女人与厨房不解的情缘。

每当我走进厨房就好像步入一个人的世界，在这里我不仅找到了乐趣，同时也找到了自信。我一走进厨房录音机里一定会响起音乐，萨克斯、小号、大提琴，或是小提琴与钢琴，我称这是厨房的背景音乐。在音乐的伴奏下，我会觉得厨房的一切操持都变得轻松与优美，有时我会把阳台上的红头鹦鹉拿到厨房来，看着它们在我身边跳来跳去。我十分快活，我会随手喂它些黄瓜、青椒，我也会把长长的豇豆挂在鸟笼上。小鹦鹉一边啄着一边拽着豇豆荡秋千，十分可爱。

平常人家吃平常的饭菜,过平常的日子。先生常说,最好的饭是家常饭。北方有一句谚语:"大锅的稀饭,小锅的面条"。那即是在大锅里熬粥,因米多,水多,熬出的粥才散发着香气。我常常到农村去买些新米,采些荷叶煮出一锅透明清香的荷叶粥。面条如果用大锅煮便觉得平淡无味,不如用小锅去煮,其滋味香甜。吃面条要有炸酱,我炒出的炸酱满屋散发着诱人的气息。炸酱用的肉是硬肥硬瘦的后臀尖;炸酱是用两合水,一半是黄酱,一半是甜面酱,要炸透,炸出的酱没有黄酱那个酱引子味,也不会甜丝丝的。面码很简单,黄瓜、萝卜、青蒜……有的切丝,有的剁末,东西不多,但要精细新鲜。

我喜欢吃鲜鱼,望着那些口含鲜红的生命,我充满感激。做鲜鱼是要清蒸的,除盐酒外什么佐料都弃之不用,只吃一个鲜。每年七八月是蟹正肥的季节,七月吃尖脐(雄),八月吃团脐(雌)。每到此时我们会吃上几次,或一家人团聚或好友围坐。还算宽敞的厨房特制了一个小巧的饭桌,为的是在厨房进餐,暖洋洋地看着原料变化成了佳肴,便觉得平淡的日子,有了一种热闹、丰富与健康的味道。吃蟹要饮酒,有蟹无酒那是大煞风景的。吃蟹要慢慢的,细细的,柔柔的,边吃边喝边聊。先生为吃蟹还特意制作了木制小槌,小木垫,敲敲打打,可免牙咬手剥之劳。窗外有几棵大树,随风簌簌作响。喝上几盅,朋友家人微有醉意,"花看半开,酒饮微醺"才是令人低徊的境界。可我却不能微醉,一点也不能,因为我是厨房的主人。待他们酒足饭饱之后,我还要打扫战场,令厨房又焕然一新。我只是品清茶一杯,望着亲人朋友的快乐。我浅浅地笑着,厨房是生活的一部分,它需要创造。

我的厨房现在又多了一个项目:垃圾分类,菜叶、废纸、玻璃、旧电池——分清各归其类,争取创造一个环保厨房。厨房的装置不必奢华只注意简洁与明快。一是通风,二是窗明。白色的瓷砖常年总让它泛着一层洁白的光,餐桌上总要摆上一瓶鲜花,是从附近的花市上买的,很便宜。我早已拒绝使用一次性塑料袋，用粗布缝制了几个布袋，上面还缝了各种青菜的贴画，拎着布袋走在街上有一种回归自然的快乐。我从厨房走出绝不带出厨房的气息。总会有一种纤尘不染的爽气，仿佛厨房离我很远。

1999.8

街上的风景

当我忙了一阵子以后，总是喜欢拎着一个草编的篮子，踏着一双休闲鞋，晃晃悠悠地有一搭没一搭地在街上闲逛。看着街上各色的人流，他们在我眼前飘动着的是一条绵绵不断的流动的欲望，让我感到了活生生的现在。我更喜欢在自由市场的青帮绿叶和火艳艳的辣椒里穿梭，慢悠悠地东张西望，那时我会感到乡间田野里一种翠生生的快乐。伴着小贩们的吆喝声和他们讨价还价，"没赚您多少钱呐，总不能让我亏了本吧。"小贩的神情确有几分委屈，可我仍不肯直截了当，还一个相当的价钱，早早把交易做成。我总要为几个小钱而费些时候和小贩们讨价还价，他一句我一句说上半个时辰，这其中的乐趣，可不是浮躁紧张的城市稻草人能了解的。在我与小贩的"蘑菇"中，他告诉我，大早起来怎么上菜、税钱是多少、摊位费是多少、房东把房租又涨了一倍还白吃他的菜、蜂窝煤比去年又矮了一个指头、孩子的借读费让他吃不消、中午饭他只吃半个大饼卷一根大葱，只等到晚上一家人凑一块吃一顿热饭……说着说着我的心和他近了，最终以他的价钱成交。他竟有些不好意思了摆着手说："不是已经讲好了价钱"。普通人的生活，普通人的辛劳不易，点点滴滴渗入我的心底。平常人的俗日子总是包蕴着有滋有味的人生，这才是真正的生活。

在我家门口不远的马路上，无论是刮风还是下雪，我总是看见一位七十多岁的老人，寂寞地守着一堆一堆的土豆、大葱、萝卜、生姜……旁边立着一个木牌子："谢谢您呐，备好零钱呐。"我好奇地停住了脚步，老人旁边那个修鞋人操着浓重的浙江话："这老头不会算账，买一堆吧，又不贵。"说完修鞋人低下头又干活了,这时从他嘴里缓缓地送来了清亮的口哨声。在这喧闹的都市能有这样一份简单的快乐,真让我感动。"没有谎的菜呀,买一份吧,一块钱一堆。"老人终于说话了,但那声音从他的一撮白胡子里颤抖一下便凄然地黯淡了。老人又埋下头机械地梳理着一片一片的菜叶,神情十分郑重。每次到这里,我总是要买上一两堆我并不需要的菜,然后老老实实地站在那里想和老人聊上几句。可老人却不爱多说话,交易做成他便眯起眼睛茫然地吆喝着:"没有谎的菜呀……"苍老的声音中有几分祈求的苍凉。白花花的日头西斜了,老人的菜没卖出多少。他要等到天黑了才回家。

下雪了,积雪给油迹斑斑的马路铺上了一层白色的地毯,整个世界好像都洁净了,街上飘动着人们的笑声。

老人把菜放在木板车上,上面小心地盖着一个大红棉被,"没有谎的菜呀"的声音比平时多了一些快活。一位行人站在马路对面大声问,"老师傅,有生姜吗?"老人点了点头,连忙说:"别着急,我先扫出一条道来。"

我路过那里,帮助老人把雪铲成堆,并在老人的菜车旁边堆了一个雪人。用土豆当眼睛,红辣椒是嘴,洋葱头是鼻子,有位行人还给雪人戴上了用红纸做成的帽子。老人坐着端详着雪人。我说:"有这个雪人站在您菜车旁,生意一定会好。"果然那天买菜的人很多。老人的话比平时也多了许多。他告诉我,他是个退休工人,家里有个半身不遂的老伴儿。他只怕一件事:自己死在老伴前头,现在还要趁着自己能动给老伴攒几个钱,怕她日后受罪。我问,难道没有别的亲人吗?老人摇了摇头说:"指不上"。老人还告诉我,他最喜欢吃老伴包的饺子,个个饺子都立着,挺着凸凸的肚子。咬上一口,水灵灵的可香了。如今老伴病了十几年,他已十几年没吃上这可口的饺子了。"不是还有速冻饺子吗?"我说,"那饺子不是立着的是趴着的。"老人又说,"每年三十晚上,老伴都要包上初一到初五的饺子,冻在外面。那一群群的凸肚白饺子往开水里一倒,'扑扑啪啪'地一响,就像一群小白鸭子下水了,别提多好看了。"这时,老人内心的快乐和雪花融在一起,化作一朵洁白的笑花,粘在唇边，像是一种永恒。

　　第二天我做了一大碗饺子，个个都挺着凸肚子站立着，很精神。把它们装在保温瓶里，送给那位卖菜的老人。可他没有在，第三天、第四天他还没有在，我有些担心。过几天，雪化了，雪人也化了，还是没有看见那位老人。修鞋人出来了，他看了我一眼说：老太婆死了，老头回乡下了。"还回来吗？"我问得很急。"那可说不好，那么大年岁，保不齐！"说完他又干起活来，口哨声依然缓慢平和，我感到了一个异乡漂泊者对世事平淡的心。

　　不久我离开了那条街，离开了旧居。每当我想起我曾生活过的地方，总是想起街上那不知姓名的老人。他是我记忆中不变的黄昏，不变的风景。

1997.5

居家琐记

少年时总幻想一生过漂泊的日子，作一个自由自在的流浪者。但到了中年便颇感归宿的可贵。岁月在一天天地打磨着人生，只想生活不要改变常态，在家里吃些顺口的饭菜，喝着绿茶和知心的朋友扯淡，看看闲书，便觉得日子过得惬意了。

每当我从外面归来，总是甩掉一身的风尘，再轻轻打开房门，然后长长呼一口气，"噢，回来了。"刹那间我的身躯和精神都松弛下来，仿佛进入气功状态，舒缓怡然的感觉漫过周身。家，总是能无微不至地调整我的心理、情绪和身体状况，给我以精神的抚慰与滋补。

家是我的城堡，它不大，也不奢华。城堡的外面爬满了绿绿的爬山虎，城堡里终日荡着音乐。它朴朴素素、简简单单、清清静静。阳台上，经常有小鸟和忘记归家的鸽子来作客。城堡是这个世界上唯一可以安放我心灵的栖居地。

人在外面的世界大多戴着面具，或揖让鞠躬或披甲上阵，为名为钱为利熙熙攘攘，长此下去人的精神怎能不衰弱不疲倦？随着年岁的增长，人生阅历的丰富，我对悠闲的生活方式有种特殊的情趣。我宁愿清贫自在也不愿心为形役，这是一种简朴的看破人生野心、愚蠢和种种诱惑的顿悟。

书斋是我诗意的栖居，像青藤一样爬满墙的书，散发着纸墨的清香，摈弃了尘世的一切繁杂。几个书柜子的书，古往今来，肩并肩、手拉手，或斜依或直立，亲亲密密结结实实地挤在一起。有的穿洋装，有的着古装，有的时髦，有的守旧，红白粉绿色彩缤纷，像一群年轻的女孩和矜持的少妇还有优雅的绅士在沙龙里聚会。

我常会把脚舒服地放在凳子上，背靠着沙发，城堡里轻轻地飘荡着音乐。我随便拿起什么书，闲闲地读着。读书对我是一种享受，读书是我的一种生活方式；写作便是一种消遣，我并不追求写作之外的东西。如果为了写作之外的东西去劳神、奔波、周旋便觉得很对不住生命，因为生命是那样脆弱和高贵。对生命中流过的东西，我从不执着，因为那样不仅累，而且有限。在随意和散淡中，我才会有生命的激情和快乐；只有在悠闲中，我才会发现生活中特有的味道。

阳台是我敞开的露天花园，不远处一株高高的白杨树伸展着它绿色的枝叶。它色彩的变化提示着四季的更替，春的嫩绿，夏的苍翠，秋的金黄，冬的凋零，同样令我喜悦。当我看到最后一片树叶飘零，我就开始等待积雪和春天的来临。当夕阳从树梢上流尽，我知道晚上会有一轮圆圆的月亮和满天的星斗笼罩着我露天花园的上空，那是我的天空。

我的居所清晨和黄昏都有阳光，它缓缓移动，又散开，直到最后消逝。日子在阳光下静静地流着，每一个红尘的日子就是一串串生命的时光。

多雨的季节，我总是在书房里小心地倾听着屋檐下点点滴滴的雨声，感到了时光悠悠地流逝。

我站在阳台上，看着楼下平房里的人家。他们进进出出、忙忙碌碌，很是平和。冬日他们用蜂窝煤取暖，看着白烟袅袅溢出，飘着一股蒸饽饽的香味，翠生生的大白菜整齐地码在墙旮旯；有时他们搬出小板凳坐在门口，和街坊四邻拉家常，从古到今，柴米油盐、儿女婚事……听他们京腔京调地一絮叨，便觉得日子原本有滋有味。偶尔能看见小猫在追它自己的尾巴，儿童嬉笑地玩着跳房子的游戏，平常人的日子过得很安乐。安适的生活是有营养的日子，它并不需要许多钱，只要有一颗安适的富有灵性的心。

只可惜现代人太忙了，他们急赤白脸地争名，昏天黑地地赚钱，没有止境地攀比……生命在焦虑中消耗枯萎。他们没有时间看看他的周遭还有一个如此美丽平和的世界。

  在我小小的居所里，我平淡地生活着，在悠闲与快乐中感悟着生命的安详与富有。

1996

午后寄语

生命的潜质是什么？人在不同的生命时期会有不同的认知，这是可以理解和宽容的。

我的一位年轻的朋友，经常擎起一面旗帜——我要成功！也许因为他还是青年，我想会是这样的。

记得自己十八九岁时，不也常常觉得整个世界都将会是属于自己的吗？那是一个既狂热又脆弱的季节。

起风了，我把所有的梦都编织成风筝，在高高的天空上飘游；落雨了，心湖泛起波浪，我轻举起祈祷的手，泪水落在颤动的桅杆上……

现在的我，经过无数个起风和落雨的日子，我不再编织风筝的飘带，也不再把泪水落入泥土，只喜欢动荡后的恬静与单纯。也许，我还有些纤弱，但我能承受孤独与挫折。

青春与梦想渐渐在岁月中磨蚀了，可是生命却呈现了鲜活的色彩——和谐与宁静，坚定和淡泊的原色。

虽然，这时我不再有青春的骚动与激越，不再有青春的美丽与骄傲，不再被青春的涅槃深深地羁绊着，但我已找到了内在的清静与和谐。整个人的精神修炼得更圆熟与清纯，心像大海，像天空，像花，像夏雨，像冬雪……

透过漫漫的雾气，我已能直视终极的事实，而不会被什么东西所困惑了。经过修炼的心，已被洞开了。在运动的每一瞬间，都能拥有无限的空间。这时，我才像进入伊甸园一样，得到无限的快乐。

常常有人问我，你的肾病这样重，又要创作又要当医生，怎样才可以成功？又怎样才能实现你的价值？

窗外一阵风吹过竹叶的沙沙声，风去了，却又没有留下痕迹。我饮了一口茶，淡淡地说，成功并不意味着一定快乐，人的最永恒丰富的快乐是他的心灵。我始终注意培养这种心灵的能力，因为我首先愿作一个快乐的人。价值不是个物件，不以实体存在，我早已摆脱求悦价值的愿望。

我走进庭院，池塘水清见底，水中的鱼慢悠悠无拘无束地游着。那水中的荷花开得正美。

我在欣赏它时，内心突然悟到了一种灵性——我感觉到了，它是什么，我说不清。

但愿你能理解，我想，会的。

1990

闲妇闲说

我是个闲妇,过着隐居的生活,有着不多的梦想。

我有一个简单而奢侈的愿望,希望有人陪我一起喝早茶。条件是只品茶只喝茶,不谈人间的烟火,更不要通过茶这个道具有任何功利的目的。喝茶的人要散淡、平和、随意,当然首先要无俗务缠身,悠然自得。当然你和我一起品茶,你就是我的佳客,我们会心幽坐。

喝茶对于我是一种生活,我有一间干净的小茶室。屋子有扇稍大的窗子,窗外是一片绿荫和湖水。屋子里风景不聒噪,茶桌上只按季节插花一朵,不是一束,纯白的一朵不是色闹彩喧的一束。茶很淡,备茶的女人要清雅,眉眼间有浅笑淡然。

但我没有一个这样一尘不染的朋友,于是我自己与自己交个朋友。所以茶我常常是一个人喝,"寒夜兀坐,幽人自务",自古以来一个人喝茶是作个好学生的基本功。一杯泛清的茶,还有一本好书陪伴,是我人生最佳的境界。那本陪伴我的书始终是宁静的《瓦尔登湖》。这是一本孤独的书,如果你的心没有安静下来恐怕你很难进入书里。只有你真正地平和了才会与瓦尔登湖对话,才能欣赏"瓦尔登湖"的风景与美色。

隐居与读书需要有一颗朴素淡泊的心。静是一种清静无为的人生态度,在现代社会,工商化生活主宰世界,令人躁动不安。心理精神尤其需要静的滋养。我总是避免与人的厮混,逃避与人利益的冲突,于是我首先获得了心灵的自由。这是一种对生命的觉悟,给人生永恒的假期,让生命游于自由状态。于是我沉淀了自己，滤出了渣滓，流出的都是香浓的奶油。

　　我太真实又太犀利，太柔情又太脆弱，所以隐居会给生活罩上一层烟雾。雾里看花、云中望月那是一种朦胧美——烟雾会把粗糙的现实软化，使它看上去很美，很柔和，使人有活下去的慰藉。

　　一个人能真正静下来，所有的时间空间都属于自己，那是一种难得的拥有。只有在这种时候，你才真正属于自己，心灵才能飞翔。

　　隐居与独自喝茶的日子是生存化一种状态。同时在有意与无意之间制造了我与现实生活的陌生感。如果与生活贴得太近，人就容易丧失了视觉，什么也看不清了。与生活拉开了距离我便获得了一种警觉与清醒，对生活一味地介入，人容易变得麻木、糊涂，甚至失去了自我。我就像夏天的一块冰，冷冷地站在一角，观望着人来人往的红尘，在自己面对风景的屋子里思索与游戏。闲妇的创作那是沉入与逸出。沉入是入世，逸出是出世，是由深沉到潇洒飘逸冷峻的转化，是一种潜入。艺术是流动的，但不是水的流动，而是雕塑的流动。写作是闲妇灵魂唯一的出口，写作对于闲妇是一种沉醉，一种文字的舞蹈。有时生活在闲妇的眼里是变形的，但这是一种艺术的真实。

　　闲妇的日子过得悠闲精致，家庭的城堡是闲妇的庙宇。我轻轻地点上一炉香，于是烟雾隔开了红尘，那是梦开始的地方。

2000

闲妇的疯狂

　　活在现在的人都有些疯狂的因子。从文化和社会的意义上来讲,在我们的文化中,地位、财产、权力、名望无疑都是重要的,这些东西必须通过个人的努力去获得。那么个人就不得不进入与他人的竞争之中,以这种竞争的经济为中心辐射到一切活动中,并渗透到爱情、社会关系、人际关系、亲情关系和各种游戏当中。所以在我们的文化当中,竞争无疑是每个人都必须面对的一个问题。每个人都想站在舞台的中央接受观众的喝彩,而不想在幕后做打杂的工作,这种心理会逐渐变得强悍、固执、坚硬,甚至演变成一种疯狂。任何一种紧张的竞争中都必然包含着隐性的敌意,因为一个竞争者的胜利即意味着另一个竞争者的失败。事实上这是一种破坏性的竞争,破坏了人与人之间生态的和谐与安详。我常常想,当我们赢得了财富、名誉和地位,可我们又丢失了什么?

　　当我看到了疯狂的代价,我便疯狂地逃避着人群,逃避利益的纷争,并勇敢地放弃诱惑。

　　由于《京城闲妇》的热销,而引起了一些事情,曾一度使我的生活失去了平静。如果说过去的生活更多的是安闲,现在多了一份警觉、一份自卫、一份逃避,还有一份与闲妇绝不相宜的冷峻与狡黠。

　　今后的日子我坚决地拒绝喧嚣。喧嚣是不洁的泡沫,是水流上浮动的污垢。在社会生活中如果物欲被倡导得过分,精神生活就会被忽略了,精神的侏儒就多了。我真害怕那条物欲的大流向我们漫过来,然后被淹死,所以我拔腿就疯狂地逃跑了，跑到了属于自己的屋子里。如果我可能拒绝金钱，退出市场和雇主的交易原则，我就赎得了自由身。商业社会会产生巨大的金钱奴役，拒绝金钱不是一件容易的事，金钱的奴役未必都带着暴力。更多的时候，它俘虏的形式常常伴随着幸福与快乐的表象，像毒品一样。我清醒地看到了毒品的危害，并果断地退出了人群，这是我的选择。

一个女人如果想从事写作，她首先必须应该有维持温饱的金钱，但不必奢侈，还应有一间属于自己的屋子。如果没有就很容易迁就与妥协，很难坚持内心的理想，也难维持自己想要的生活。

隐居的生活，遮住了所有的现在，表达出对悠闲、自由、安适生活的梦想与愿望。有时我穿上阴丹士林的旗袍，装饰简洁有度，旗袍的绲边是精致的。我假想自己生活在另外一个地方：我坐在茶室里，屋里有种经年不变的深埋的宁静。

闲妇过的是一种松绑的生活，现实生活把我们裹得太结实了，使我们永远咬不破这个茧。闲妇咬破了茧，冲出来了。她成功地突围了，获得了心灵的自由，心灵的飞翔。

闲妇的生活是隐居的，也是另一种疯狂。

2000.12

在家的女人

我是一个生活在家里的女人，家是我的寺庙，我的瓦尔登湖，我灵魂的栖息地。无论外面有多大的诱惑，我始终没有把自己投入拥挤的跑道。我过的是恬静的日子，呼吸着瓦尔登湖上的空气，在家的生活对生命充满了喜悦与感激。这是一种简单与悠闲的生活，家庭生活首先是真实的内心生活。

清晨，我是在鸟的鸣叫中醒来的。苏醒是一个缓慢的过程，从树林中飞来的鸟会有各种各样的歌唱。布谷鸟送来了春的第一个喜讯，它咕咕地鸣叫向一切生灵证明：春天来了，生命在延续。布谷鸟的声音仿佛是从遥远的林间传来的，偶尔也会传来啄木鸟如击鼓般的声音。机敏、活泼的小麻雀睁着黑黑的小眼睛在我的窗前东张西望，不知疲劳地唱着一支又一支歌。这时候，我带着清晨赐予的好心情好阳光，愉快地起床了。打开收音机，我一边听着各种信息，一边赤着脚散着头发打扫，清理我100多平方米的房间。赤足不仅为了放松，更是为了穴位按摩。一会儿阳光溢满了我所有的房间，风铃在微风中丁零——丁零——地响着。这时，我望着北海的白塔——在晴朗的日子，白塔就像一块剔透晶莹的白玉映衬在蓝天白云下。我呼吸着早晨清新的空气，做着自创自编的健身操。向西望去，那连绵起伏的西山像水墨画一样铺展在我的眼前。有时我突然感到，清晨所展示的一切是自然对我的邀请，我的内心充满了感激。

作为女人，我有一间属于自己的屋子，多好哇，在这里我开始了梦想、读书、写作。读书可以和今人古人小聚闲谈，写作是因为我有话要说，写作不一定是为了发表，而是一种习惯。我会沏上一杯菊花茶，望着窗外飘浮的风筝心也好像很高远。当窗外的白杨树抽芽,我写的故事便会丰满起来。到了秋天到处是金黄色的树叶时,我的稿纸也厚了起来;当树叶残缺斑驳时,我的故事便进入了低谷,等待又一个抽芽的季节。

在家生活的奢侈不在于物质,而在于一切都随心所欲,不看别人的脸色,一切悠闲自得,不必戴上面具迎来送往,身为形役。

回到家里我最大的收获是发现了自己,自己与自己是最忠实的朋友。每时每刻都陪伴着自己,永不分离,自己与自己说什么、商量什么都省心省力。人无论做什么,重要的是心境。心境要自己去营造,只要营造合适,每时每刻都在快乐之中。下雨的季节我会躺在竹榻上听雨绵密的低语,如听松涛,这种幽趣,很难与忙乱的世俗人说清。我常常煮茶自娱,想东想西,内心有一种隐逸的快乐。独处可以使身心满足,独处的好处妙不可言。

我是个家庭主妇当然会有许多家务要做,打扫,煮饭烧菜,缝缝补补,既要忙也要闲。有时候我什么事都不做——千万别小看懒懒的躺在床上晒太阳,静静地坐着什么也不干,它能让你了解其实发掘幸福非常简单,不必追求遥远。也许有人会问这样能赚多少钱?其实价值的意义不一定在高也不一定在低,而是我愿意,这对我很重要。

有时我到胡同口修车铺刘师傅处聊天。刘师傅养了一群鸽子,我也学着他买了高粱米、玉米往地上一洒,成群的鸽子就飞来了,飞在我的前后左右。久而久之,鸽子也飞到我的肩膀上,头顶上。刘师傅说,他养了十年鸽子,这小东西可灵了,通人性。后来我知道刘师傅的老伴去世十年了,儿子待他不好。他说鸽子比孩子好,不惹人生气。刘师傅说他不爱回家,喜欢整天在马路上一边修车一边看人,心里头豁亮,还有一群鸽子陪着。我宽慰道,这么大年岁了,活一天就乐一天,不去想不高兴的事。过年我送了他一张老寿星贺年卡,可把他高兴坏了。我早已不刻意与人相聚,但对刘师傅是个例外。

我喜欢穿上休闲服到街巷上去听市声,过去也曾喜欢穿织锦缎的中式小袄,"有形有款"地走在街上。可自从《花样年华》把一个好端端的旗袍给发扬光大到满大街的俗物，我便不再染指。在穿着的风格上，我依然喜欢慵懒、随意，喜欢安静的色彩，有点怀旧的调子。回归家庭让我有了许多思考的时间。

生活中有许多人总喜欢把自己裹进人群，或相邀外出吃饭、美容、打球……让自己置身在各种社交活动中，好像只有这样自己才不会孤独。其实这一切都是表面的热闹，如果你的心是孤独的，你即使在闹市还是孤独的，别人、外在的东西与你永不搭界。

只有自己从内心喜欢孤独，才会感到独处的乐趣是无边无际的并伴着你成长。所以家是最好的地方，这里不仅有梦，有自由，还有太阳。谁说在家的女人活得单调？

2000

不读书的理由

我已不再读书，当然不等于我不再思考。

作为一个写字的人不读书是不可思议的，但我是一个率直的人。在这崇尚包装的时代，我始终觉得包装是一种枷锁；我是一个喜欢轻松的人，一生的追求是简单的生活。

我曾经是个爱读书的人，现在不读书是有理由的。第一个理由：为了降低生命的成本。生命是一个不断消耗自己的过程，人身上的器官都是一次性的浪费不可再生，读书最直接消耗的是人的眼睛。我原有一双不大不小的丹凤眼，由于读书已把我透明的黑眼睛磨损成混浊的灰眼睛。我不敢再任意耗损我生命中不可再生的资源，因为我还有一些时日，要看看春来秋往及人生舞台上的人来人往。

第二个理由：由于家里订了几份报纸，每一份报纸都是厚厚的一沓。这是一个媒体大战的时代，纸张仿佛不计成本地被做成厚厚的汉堡包，争着向读者献媚。让读者掏钱是小事，招来广告是大事。我读报纸的状态颇为不雅，首先从精神上就有些嬉皮，绝不像我读《瓦尔登湖》般要有一个仪式——电话要关机，眸子要明亮，心态要宁静，耳畔要有音乐，音乐必定是自然之声，桌上的青瓷杯里必定沏上了绿茶……我读报的时候，必定是半眯着眼睛，一目十行，读过就随手将其扔到地上。不几日，扔在地上的报纸就被收废品的收走，换几个买瓜子的钱。读报的感觉如同喝了几杯小酒，吃了二两猪头肉，晕晕乎乎如腾云驾雾一般，在人间遨游和市井扯淡，看什么东西涨价了，什么东西降价了,什么地方开张,什么地方倒闭,什么高官又贪污了,什么工人又下岗了,公务员又上调了多少工资,最低生活保障又增加多少,谁家的鸟会喊"弹棉花的来了",拉登死了没有,哪个国家元首又串门来了……看着看着便卧在沙发上睡着了。醒来时,又到了该洗澡的时间了,哪里还有时间读书。

  第三个理由:当我知道了有个叫陆幼青的写了本《死亡日记》便不再读书了。陆幼青的《死亡日记》是一次极其残酷的"死亡直播",这也是出版商和媒体要打出的一张王牌。当我深切地感受到作家、出版商、媒体不遗余力地不放过任何一点点商机,共同制造着利润的童话时,我便不再买书,不再读书了。

2003

闲妇在线

《京城闲妇》一书一年的时间再版十几次，一时洛阳纸贵。

闲妇没有张扬地款款走来。

闲，不仅是身闲，更是心闲，是指气定神闲，是袖手何妨闲处看得那么一种状态。

近日闲妇申力雯登陆263网站，名人在线，依然气定神闲地与网友嘴上拔河。网上的闲妇着实不闲。

问：你在花样年华时就得了肾病，但你说你的婚姻很幸福，你有什么秘诀吧？

答：说到花样年华，我眼前展现了张曼玉的旗袍。旗袍是一种生命与时代的符号，旗袍好像是我对生活方式的向往与选择。不是现在，而是在很久以前。我喜欢穿上阴丹士林的旗袍，有精致的绲边、精致的装饰。于是我便有了生活在别处的感觉。

疾病并不影响我穿阴丹士林的旗袍，当然也不会影响我的幸福。婚姻幸福与否，更多的靠的是运气，因为婚姻是人生最大的赌博。

问：医生的职业对你的写作有什么帮助？

答：最重要的是对人更理解更人道更科学，这其中渗入了生物学、心理学的关照。医学的生命感使我充满了精神的张力。

医学能穿透人文与科技、道德生活与商业运作、世俗关注与终极关怀的各个层面，表达着人性、知性、理性的深刻关系。

作家有了医学背景，于是人的风景才会丰富，否则人的画布上永远是那片"旧麻袋"。

问：你认为两性关系，是重在最终的结果——婚姻，还是重在快乐的过程——性？

答：这两个问题不能分开。婚姻是小夜曲，性是摇滚+霹雳。

问：你以"京城闲妇"自居，但又频频地接受采访和出书，这是不是自相矛盾？

答："悠闲"，即意味着"简单"，仅此而已。在过"简单生活"这一点上人人平等。简单，是平息外部无休无止的喧嚣，回归内在自我的唯一途径。

写书是我灵魂唯一的出口，简单的生活也需要歌唱。

当出版社不再是奸商，或稍微懂得商业的道德，写作者不再是任人宰割的羔羊时，闲妇会完全拒绝与媒体的接触；当接受采访不再是一种隐性的反抗时，这才是幸福时光。

闲妇被迫不闲，确实是一种难以言表的悲哀。

闲妇，最终会更加隐居，更加沉默，远离人群。

问：看你的文章，我觉得你肯定已徐娘半老了，怎么懂得小蜜一族呢？

答：我有一种天赐的透视人心灵的能量，我不仅是闲妇，同时也是"女巫"。

问：你描写的生活很幽静，很美，是真实的吗？

答：谎言是一种永恒的真理，那是指在人堆里混的人的处世法则，而我过的是一种隐居的生活。境由心造，处世落花流水身心皆得自在。

问：是不是当医生更能了解人性的恶？

答：人性的善是很脆弱的，它不堪一击，在金钱、利益面前如同站在哈哈镜面前。

一个没有信仰的民族很难相信它会善良。

在利益的驱动下，医学会丧失人性。医学一旦丧失人性，就像脱缰的野马冲向悬崖。医学是一个放大镜，什么东西都怕放大。一放大即使表面是善的东西都会看到它恶的潜质。

问：当一个陌生的大款向我走来，我怎么才能断定他是真心还是一个恶棍呢？

答：全靠悟性。判断一个人，完全没有程序可循，感觉和灵性最重要，尤其对于女人。

如果这个大款摆出大款的架势，说明他没有自信，而且很看低你，你们的关系将凶多吉少。

2001

与狼盛装共舞
——答顾雪

顾雪：

年轻时，她与狼和谐地踏着慢四的步子；年中时，舞步便成了圆舞曲；她有些眩晕了；而如今，她与张开了血盆大口的狼演绎着疯狂的摇滚乐，且不堪重负。

她说：名人是烤在火上的鱼。

她说：男女之间的关系无非是两个字：偷与丢。女人偷是为爱，男人偷是为好奇。女人常常丢了自己，男人常常丢了女人。

她说：婚姻是生意，一纸沉甸甸的结婚证书是契约，不可随意撤股，更不可偷偷兼职。

她说：遗嘱是死亡的背景音乐。

她说：接受采访是一种隐性的反抗。

她说：绝症是一匹狼，而再凶狠的狼也有被制服的时候，所以要学会与狼共舞。

她便是申力雯，以《京城闲妇》一书在一年的时间中再版十六次，一时洛阳纸贵，令女人着迷深思，令男人心慌气馁的居家女子。

她的文字犀利而明快，深刻而动情，舒展而真实。她在纯净的文字中，在一个又一个熟习的生活片段里陷入前所未有的思考，然后去感悟。而生活中的她，却正在死神身边漫步。

申力雯倾其一生，尽数交给了文学与病魔，但她仍然有着时刻拥抱生活的信心，绝不放弃。

在申力雯名片背后，写着这么一行字：欢迎来电，不欢迎来人。

8月阳光灿烂的夏日里，因为好奇她常常在书中提及的那间拥有风景的屋子，我执意要将采访地点约在她的家中。电话里申女士似乎有过一丝犹豫，但我却佯装没有发觉。

在一栋有着紫色阳台的高楼里，我见到了申力雯。她的家简洁雅致，不大却很周到，客厅、卧室、书房、茶室，最大的特点是花，无论在什么角落里，花的绚丽无处不在、生机盎然。

我知道申力雯是个医生，但没想到她同时是个病人，她患有慢性肾功能衰竭，需要在家里自己做透析，为防止感染，于是家中几乎是个无菌环境。我的到来，显然给申力雯增添了额外的压力，我很小心地尽量不去碰她家中的物件。

申力雯很大方地告诉我，那些用美丽鲜艳的布料盖着的箱子里面都是她做透析所用的腹透液。每次她都要在身体里装进去2升腹透液，一天共4次。她自嘲说：要开始和狼跳摇滚了。突然间我似乎被刺痛了一下。

于是，在她的客厅里，我听她讲那些有关生命的片断、人生的经历，一个在生死之间游荡了近几十年的生命是如何乐观、坚强地活着的种种。

面前的申力雯坦然而真实，我瞬间明白了她的魅力所在。正是因为她有勇气直视生命终极，敢于亮出生命的底牌，还给了自己一个自由的生命状态，同时以感恩的情怀享受上苍赐予她的幸福，让自己与周围的人沐浴在灿烂的阳光里，所以，她的文字是那么的特别。

申力雯的体态很好，身上的衣服是经典的红与黑，有些意外的是她还非常时尚地扎着头巾，大方而活力。我有些恍惚，这样的一个女人，难道真的会稍纵即逝的吗？

申力雯说她喜欢穿阴丹士林的旗袍，有精致的绲边、淡雅的装饰，还喜欢

《瓦尔登湖》。有无数人无数次以不同方式面对死亡，申力雯却将此当成一次盛装舞步。

直面与狼共舞者

顾雪：很难想象您这么多年是靠什么支撑自己活过来的？

申力雯：如果没有我先生，我恐怕早就跳楼了。我的意思不是说我先生是我的精神支柱，而是我是我先生的精神支柱，如果我跳楼了，他会受不了的。这么多年来，只要有一口气在，我都要自立，决不麻烦别人，为这个家坚强地活下去。

其实我自从懂得了人终究要走向死亡归宿的那一天起，就开始在地上撒泼打滚。那时我还小，但我已经知道生命既然要逝去，那所有的努力与漂亮衣服就没有任何意义了。我曾经以为生命是永远的节日，阳光那么好，人为什么会死呢？后来我明白了，这是个哲学问题——人死只是躯壳、皮囊是不复存在，而精神是可以永远活着变成文字的。

顾雪：那么年轻就要时刻准备离开这个世界，实在是太残忍的一件事情。

申力雯：是啊，当生命无路可走的时候，我只好开始去研究宗教。我虽然不信教，但它能使我的心变得安详。生命不是一个简单的过程，不是从出生到成熟接着到坟墓，那只是人生慢性死亡的过程，那只是活着。

从任何生物一拥有生命，死亡便已经是确定了的事情。但只有人类有成长的特权，因为有精神的存在，生命才会真实，这就是快乐。对我来说，死亡只不过是换了一件衣服与一间房子。

对大多数人来说，这种快乐不太容易找寻。

比如说梵·高，一生没有卖出去过一幅画，画完最后一幅画《落日》就自杀了。他当时仅37岁，很完美地走完了这一生。但我想他的人生是快乐的，他选择的方式是巨大的强度与迅速地燃烧。生命的意义体现在生活的密度与质量，找到自己该在的地方、该待的地方，做自己愿意做的事情。

当我23岁那年得知自己得了肾炎时，我选择了学医。我将这件上帝的礼物看得很清楚，这当然是一匹狼，但我无法改变就只能接受。我注定是一株二月兰，就绝不羡慕牡丹，我照样可以不自卑地高兴地怒放，没有必要为此悲哀。

顾雪：您的病是富贵病，况且您又不能劳累，自然不能上班，那经济上……

申力雯：我从来不向人借钱、要钱。不瞒你说，我一月的花费就得一万多。有些人说我，你这样的人怎么不去死呢？我很清楚，从某种角度上说，没有钱，你也别活了。

顾雪：那单位上没有什么福利措施吗？比如说大病统筹，医疗保险什么的？

申力雯：我不奢望单位能怎么样，基本上都是自己垫钱的，之后，再去跟人理论报销，磨呗。但我在医院里，永远是乐观的，我告诉自己一定要活下去给他们看看。我就这么扛过来了。一个人，没权没势，可我就是要活。从某种意义上说，弱者也是强者。我或许有点极端，但我会调整我的舞步，学会遗忘走出去，跟上狼的节拍。

顾雪：据说这种病最终是需要换肾的？

申力雯：只有我先生说要把他的肾换给我，他说无论遇到什么事情他都跟我在一起，没有钱了还可以卖房子，还说如果我去了，他一定不能让我一个人躺在那里，太凄凉太冷太孤单了，他会陪我。关键时刻，我先生以一顶十，于是我又快乐了。其实我回头想想觉得自己也有错，我太依赖别人的感情。

其实生活过的是一种心情。我先生是学工的，是个工程师。多年来我们的爱情早成了亲情。能和你过一辈子的人，是能和你一起数钱的人。只要他高兴做的事情我从不阻拦，我的病痛也很少跟他说，我怕给他压力。有时候，他总忧虑地说，你要没了，我怎么活？我的身体不能有孩子，他就从来没有提过孩子的事情，也从来都不说有孩子好。我们就这么相依为命，他不为自己留任何后路。如果说没有一个如此坚强的后盾，我早没了。

顾雪：你一直宣扬闲妇生活，但现实中似乎这样的生活很难达到。

申力雯：我所崇尚的闲在不是有钱人的享受，事实上一个人为维持生存所需的物品并不多，也不需要太多的金钱，这并不是有钱人的专利。我的闲是平民化的，重要的是有艺术的心情和豁达的胸怀，看破人生虚名浮利的种种诱惑。

2004年接受《北京青年报》记者顾雪采访

逛街的乐趣

我常常想，与其到国外走马观花去旅游，不如换一种角度关注身边的事情。如果你去巴黎游览，参观了凯旋门和卢浮宫美术馆，再登登埃菲尔铁塔，鸟瞰巴黎市容，然后到香榭丽舍大街购物，如果这样浮光掠影转了一回就自以为了解巴黎了，那就会让巴黎人见笑了。以这种观光客的角度到街上去看一看，可能不会有多少收获。所以我常常想，如果不是深入一个地方，跟着当地人的脚步深入到大街后面的胡同，看看那里的杂货铺、地摊，和当地人一起谋生，不会真正了解一个地方，否则只能是"啪嚓，啪嚓"拍了一大堆照片，不过是满足了到巴黎一游的虚荣心罢了。

我喜欢一个人逛街，整整一周地闲逛。这首先要准备一种放松的心境，一种闲适的状态。常常假设自己是一个外乡人，或是一个外国人，这样换一种角度去逛街，会有意外的惊喜。这是因为我们处于习惯性的环境中，又很难有新鲜感。如果我们改变了观察事物的角度，就会有各种各样的发现与感受。

我常常去赛特、燕莎、世都百货闲逛。买与不买东西都不重要，重要的是我的感受。在这里决不仅仅是展示了一个国家的商品，而是展示了全世界各国各种各样的商品，这时自己便有了一种去各国旅游的感觉。我会站在一个流行的商品面前，甚至会将灵感与疑问植入其中。我想能够流行的商品，都具有突出的个性和明确的意向，这时我常常会把商品当作一个人一个朋友来观察与交流。所谓商场实际上就是一座博物馆，博物馆展览的是历史的遗物，而商场巨大的空间，展示的是现在使用的东西。今天的商场就是明天的博物馆，它折射了社会的变迁、经济的发展及审美的取向。在世都百货逛累了，便落座在它明亮的有落地窗的咖啡厅里，那里弥漫的咖啡豆的浓香，让我突然有了一种扑朔迷离的慵懒的感觉。我一边喝着咖啡一边望着窗外的街景（神情一定是气定神闲的）。匆匆赶路的人，有的一脸严峻，有的东张西望，有的神采飞扬，有的花枝招展地扬着鲜艳的嘴唇，有的穿着劣质拖鞋，鞋面上盘缠着一朵硕大的"喇叭花"，他们将繁华的王府井大街当成了家乡的打谷场……我会想，他们从哪里来？有什么梦想？他们的背景会是什么？他们快活吗？他们一定奔着天堂而来，他们找到了吗？本地人分明有一种笃定的从容，外地人就像城市里巨型搅拌机的一粒石子，和无数石子一起无休止地被搅拌下去，并发出轰响，这其中也弥漫着热闹和麻木。在咖啡厅里我会选择一个能听到别人说话的座位，听着他们的谈话，我便会产生许多灵感和故事。有的在这里谈生意，有的谈爱情，有的谈时尚与消费，也有的谈托福或移民加拿大、新西兰的办法，唯独没有人谈家务。要想听大婶大妈们闲聊，最保险的地方就是公园里冬暖夏凉的地方。中年人聊下岗就业，老年人聊医疗保险，青年人闭紧嘴找一个舒服的地方，旁若无人地拥抱亲吻，这里有鲜活的生活和戏剧的脚本。

在花布的市场，尤其喜欢听小贩的叫卖声："便宜了，布头哟，一个披萨饼的价钱哟。"一堆又一堆五颜六色的花布料摊在地上，我拎起来，看见色彩鲜艳可以闻到青草与露水的清香，有的舒展着花朵和绿叶，各种色彩扑面而来带着原野的气息。面对卖者热切的目光，我开始了讨价还价。他一言我一语，一来一往十分热闹。布头代表着一种舒适、随意、简单又悠闲的平民生活。

在有雪有雨的日子，我喜欢乘车从窗口望北京。街景衬着飘飘的雪花，车顶上又有啪啪作响的雨点。我看着街上行人撑着伞缩着脖子赶路，街上某一角落的昏暗和灯光灿烂的星级宾馆互相映衬，在速度变化的视觉中，有一种蒙太奇之感，我仿佛是影片中的一个角色。这时出租车里传来了流行歌曲："我爱我的城市，城市很大，哪里是我的家，我想着我的爱情，它不朽，它上面的灰尘一定很厚……"我的眼睛湿了，突然忘记自己身在何处。

逛街是一种感受，一种阅读，也是一种旅游。

2001

我心中的瓦尔登湖

  当我意识到生命中只有一种东西属于自己,其他的都是虚妄。当我发现我周围的许多人他们除了对自己的利益充满了热情,对其他的一切竟如此冷漠,我感到了恐惧和悲哀;当我对世俗的压力和各种关系的羁绊感到厌倦,当我发现生活是一连串繁杂的侵扰,于是我便放弃了外部的热闹、喧嚣、虚荣甚至也有依赖,去寻找我精神的家园。直到有一天我找到了梭罗的《瓦尔登湖》,这本书改变了我,我发现了人生的新大陆。这是一本举世无双的书,我幸福地感到,我对《瓦尔登湖》的喜爱,超过任何的一切,它是我灵魂的栖息地。于是《瓦尔登湖》便成了我每天必读的圣经。每当我读它,必须有一个仪式,即房间要打扫得干干净净,心里也要安安静静,沏上一杯淡淡的绿茶,摒弃世俗的一切烦恼。《瓦尔登湖》是一本静静的书,一本孤独的书,所以你的心必须沉下来,要用一颗朴素淡泊的心来迎接它。瓦尔登湖的湖水不尽的涟漪在书的海洋里荡漾,成排的松树、枫树倒映在湖中,大自然的清香从字里行间淡淡地飘来,微熏着你的灵魂,于是你便到了远离尘世的圣地。

  梭罗来瓦尔登湖是一种刻意的生活,即深思熟虑的生活,是在自己的思考中得到的。梭罗为了寻找生命的意义,带着一把斧子走进森林,在那里生活了两年多的时间。这种生活使他远离了现代物质文明的侵扰,在宁静中他思索生命的本质。他说,我来到森林,因为我想过悠闲的生活。

  梭罗经常在一个夏天的早晨,"洗过澡后,坐在阳光下的门前,从日出到正午,坐在松树、山核树和黄栌树中间,在没有打扰的寂寞与宁静中,凝神沉思……在这样的季节中生长,好像玉米生长在夜间一样,我的生活至少有这个好处,胜过那些不得不跑到外面去找娱乐,进社交界或上戏院的人,因为我的生活本身便是娱乐,而且永远新奇。这是一个多幕剧,而且没有最后一幕……温和的雨丝飘洒下来,我突然想到能与大自然做伴是如此甜蜜和受惠。"

在梭罗看来,湖中的每一个清晨和黄昏都是一个愉快的邀请,林中的每一种生活都是精神的更新。在大自然的变化中他感受到喜悦,上帝是创造新人的,梭罗出席自然中所有的讲演和演出。《瓦尔登湖》阐述了人类对自然过度的开发是对生命诗意哲学的毁坏。自然的价值不是使用而是愉悦心灵,人类虐待了风景,风景便消失了,人的精神也消失了。读《瓦尔登湖》要用一种新的眼光,它不仅有文学的价值而且有环保的价值。所以《瓦尔登湖》又是一本绿色的圣经,它能激发人类无限的激情与灵感。本书的独特之处在于,梭罗通过自己对自然仔细地观察与体验,使书中的文字具有了生态思想,激发了人类对环境的伦理的思考,并强调了自然独立的价值,反对自然的经济化。现代人过分强调自然的经济价值,文明与荒野应保持平衡,我们应该选择健康绿色的生活方式。

梭罗生前出版过两本书,1849年自费出版了《康科德河和梅里麦克河上的一星期》,另一本就是《瓦尔登湖》。这本书于1854年出版,当时并没有受到应有的注意,但随着时光的流逝,这本书的影响越来越大,现已成为美国文学中一本独特的卓越的名著。今天的人类不一定要仿效梭罗那样带一把斧子走进森林,避开人际经济生活的干扰,关键是我们对待生活的方式。我选择的是简朴的生活。简朴即意味着悠闲,悠闲的生活并不一定有丰厚的存款、别墅和汽车,而是平息外部无休止的喧嚣,回归自然的自我,与自然融为一体。我决不为了提升而忍受上司苛刻的指责和陪着无尽的笑脸,或为了各种应酬乔装打扮,让身体和精神都在化妆中忍受着磨难,我自己就是我的主人。家不一定有多大，多么豪华，而在于家里有亲人，可以安闲，可以随意，可以喝茶，可以聊天，放松又自在。所谓成功、富贵，都是外在的荣光，就像一件时尚的衣裳，真正的快乐来自心灵的自由与真实的宁静，这就是我心中的瓦尔登湖。

2001

坐在面对风景的屋子里

《京城闲妇》是我自己策划的书,从资金的投入,到命题、选题,以及纸张、装帧,都是一个隐居的女人悄悄酝酿的。

在电话中我与出版社交涉:此书是选粹本,全部作品都是发表过的铅字,无须有什么改动,甚至是标点。散文是有影响的散文,小说均是获奖小说,这将是成功的组合。对于编辑无意是个省事的差事。编辑表示:散文与小说放在一起是堆菜,而且还卖不动。我是一个最厌恶与人纠缠、仰人鼻息求人办事的人,因为这其中不仅不平等充满了屈辱,而且浸漫着当今社会人性的恶臭。于是,我毅然决定自费出书。由于资金的支撑与介入改变了出书的性质,责编果然高兴了:自费出书出版社不会有任何风险,首印3000册作者要放弃稿酬,然后赚了钱是出版社的,亏了由作者扛着。

既然是自费出书,金钱就会使事情变得相对平滑和简单了,在什么出版社出显然已不是问题。于是,我选择了一家离我家只需走几步路的出版社,目的是为了盯着我策划好的封面,这是唯一需操心的项目。我选择了一张我年轻时的照片,不一定多么漂亮,也不一定多么时尚,但一定是在今天的街上找不到的女孩——那是一种已经消失了的气质,已经消失的女孩。人们看到"她",会产生一种如水的眷恋,这种眷恋让人心里发空,空得晶莹而且高远。有幸装帧艺术家潘岱予将其展示得寂寞而美丽,是独特的。

《京城闲妇》竟然卖好了,被译成法文,并被转载在美国的华人报纸上……但这其中的沸沸扬扬是是非非的事,令人心烦,令人气恼,令人悲悯,难以一一尽述。于是我果断地退出了喧嚣的市场，拒绝诱惑，穿上我的阴丹士林的绲边旗袍，隐居在屋里，把外面的风雨琳琅，漫山遍野如火如炽的欲望都挡在窗外。

这是闲妇的又一次策划。

2001

生命中的星期六

在铺满阳光的日子里,我懒散地躺在床上。望着窗外的蓝天,白云悠然地飞,落在窗台上的鸽子,我的心便有了一种飘起来的感觉。飘起来的感觉并不浪漫,也不小资,也没有歌唱,而是一种空灵的安详。人仿佛离开了红尘,尘俗的事已不再烦扰我。我已不再顾念尘世的一切,达到了心迹双清的境界。

我现在的日子就像星期六的下午,这是一种不带杂质的清闲。回想上学时,每个星期六的下午往往无课,第二天又不用上课考试,精神一下松弛下来,仿佛喝了清冽的甘泉,快乐得像只鸟,晚上可以随便读小说,看电影到深夜,第二天可以睡个大懒觉。这就是星期六的感觉。

我现在的日子就是人生的星期六,人生就像上路旅行,早晨出门寒气较重,身上穿得多,走一程,热一程,衣服一件一件地减下来,仿佛卸掉了身上的包袱。年轻时对功名的羡慕及人与人之间的迎来送往都已扔在路上了。人愈往山上走,愈感到依靠个人的力量才是硬道理,孤独是真实的陪伴,说到底:谁也救不了谁,谁也帮不了谁,热闹功名是一片浮云。歌手高枫辞世前最后的一句话:"希望大家帮我活下来……"他有成千上万的歌迷,也不会缺少金钱与朋友,可到头来谁又能救他,帮他?最后还是他自己陪着自己这样走了,媒体把他的生病离去看成一个狂欢节,一个死亡的现场直播,一个有卖点的节目,人性的无情与残忍可见一斑。看到这些我愈发喜欢人生的星期六,使身体从声色货利的市场中解放出来,心灵从痴嗔的炼狱与桎梏中解救出来。把自己的心安置在一个消闲自在的世界里,仿佛是一个退院的闲僧,一间小屋,一杯清茶，几片涂着果酱的面包，花前灯下或于窗前竹影间，铺纸挥笔，写出一点心里话，在书斋里负手徐行，外面的喧闹盈耳与我无关，再也打扰不了我安恬的清梦了。

　　于2000年我出了三本书《京城闲妇》《闲妇闲说》《女性三原色》，都卖得不错，发行量也十分可观。

　　我平时读书只凭兴趣，没有目的，当代的东西不大读，尤其是小说几乎读不进去。喜欢看的书会重复去读，如《红楼梦》、苏青的《结婚十年》《浮生六记》《瓦尔登湖》《磨坊书简》……我用一只眼睛看电视，用一只眼睛读报纸，用三只眼睛读我喜欢的书，闭着眼睛听音乐，用心去读人。我会关注普通人的命运，他们的声音太弱小了，弱小到几乎失语。他们就像沾在凉粉上的一粒灰尘，瞬间就被吹跑了，不留一点踪迹。他们曾千辛万苦地徒劳地在沙滩上建房子，建设自己的理想……生命用流水的速度，汩汩地流失，年轻的变老了，老的死去了，一切都归于零。于是我想把这些普通的人定格，愿有人记住他们，他们曾经活过。窗外的苍白的月亮望着白茫茫的大地。

2002

答记者韩云
——世纪边缘的牧歌

2000年申力雯的《京城闲妇》一书成为京城的畅销书。目前她的另一本新书又要由作家出版社出版,记者采访了她。

韩云:《京城闲妇》是一本畅销书,在不到半年的时间里再版16次,总销售量约20万。这在当前的图书市场持续低迷的情况下,确实引人关注,不知您对此有什么看法?

申力雯:我没有想到,前些时候,家父过八十大寿的日子,同来祝贺的还有一位家父的老朋友,一位历史学家。他看了我的作品,问我是否受道家思想的影响,还说,现在的年轻人怎么可能有这样的静心和定力呢。

韩云:您的定力与静心是否和您的隐居生活有关?

申力雯:由于《京城闲妇》的热销,引发的一些事情,曾一度使我的生活失去了平静。我由此感到生活中许多功利、丑恶甚至是阴谋的东西。更使我对生活多一份警觉、多一份自卫、多一份逃避。今后,我会更坚决地拒绝喧嚣。喧嚣是不洁的泡沫,是水流上浮动的污垢。我想一个女人如果想从事写作,她首先应该有足够的维持温饱的钱,但不必奢侈,还有一间属于自己的屋子。如果没有些基本保障就很难坚持,坚持一种内心的理想,坚持一种自己想要的生活。我坐在自己面对风景的屋子里,那屋子就像一间"禅房",一座自己的寺庙。我清爽而无事,一壶茶,读一本书,不知不觉中心变得十分平静,气息柔和而稳定,这种感觉让我仿佛回到了原始山林,又好像体味了"处世流水落花,身心皆得自在"。古代高僧说,"竹影扫阶尘不动,月轮穿沼水无痕"。花瓣虽然纷纷谢落,只要我的心保持悠闲,就不会受到落花的干扰。我守着这样的心情,让它浸染着我……

韩云:这样的生活很理想、很美,但还是令人觉有些远离尘世,不知您是否为此在刻意抵抗着什么?

申力雯:不是抵抗,而是逃避与拒绝。物欲如果被张扬得过分,精神必然被忽略,精神侏儒就多了。我害怕那条欲望的河流,漫过我们大家,然后淹没我们,所以我拔腿就逃跑了。如果我可能拒绝金钱,退出市场和雇主的交易原则,我就赎得了自由身。在商业社会拒绝金钱不是一件容易的事,更多的时候,它以俘虏的形式常常伴随着快乐与满足的表象,像毒品一样。我清醒地看到了,并选择了退出。

韩云:隐居对创作有什么影响?

申力雯:我对生活有一定的积累,现在是沉淀。创作必须消化生活,必须等待成熟。创作时我只沉浸在自己的世界中,我喜欢个性,而人群是溶解个性的老虎机。说的再透彻一点,生活本身就是排斥个性的,大家必须一致,不然就不被接纳通融。隐居生活使我保住了我的个性和感情,这对创作很重要。现实生活把我们裹得太结实了,我们咬不破这层茧,而我咬破了这层茧,虽然流了血,但我冲出来了,获得了心灵飞翔的自由,保持了完整的艺术直觉,有激动、震颤、厌恶、倦怠、快乐、烦腻、希望……既灵敏又强烈。如果我整天与人厮混在一起,忍受金钱、权力的盘剥,在现实生活中许多事情都和金钱结账,为功名到处钻营……那我的视觉就会丧失,混浊而麻木,一点自然的清香都没有了。隐居的生活使我保鲜,并保持了激情。距离会把粗糙的现实打磨得柔和,它看上去很美,让我有活下去的希望和慰藉。

韩云:您在文章中曾多次提到要倡导中国人的消闲文化,为什么?消闲文化的内涵和特点是什么?

申力雯：现在的人有三"忙"：忙碌、茫然和迷茫。人在过度的忙碌中，迷失了自己，所以要特别倡导消闲文化，这是对现代城市烦恼的排遣和消解。我想创作当代的《菜根谭》，此书问世四百年而不衰，八十年代引起美国、日本等经济强国新热销的"奇书"，由此可以看出传统文化的力量及普通人的心理要求。

消闲文化的特质是中国文化生活的美学，当人们懂得了消闲文化就会对生活有新的审视，日常生活的乐趣不必主动追求，我们只要排遣内心的一切痛苦、烦恼、邪恶，那么快乐幸福的生活自然就会呈现在我们眼前。

2004

家的感觉

  当我打量我身边的许多景色和许多人，譬如这个灯红酒绿的城市，各种包装的男人和女人，也很少能使我眼前一亮。在这消费的时代，真正的激情已变得很孱弱，我只需要一个家。在平淡的日子里我们平淡地生活，却能感觉太平盛世的安详，在闲暇的日子里我们用地道的中国茶具沏上一壶绿茶，在熙熙攘攘的红尘中营造我们家庭的世外桃源，在宁静的气氛中细细品出茶的清寂和散淡。我斜靠在沙发上读张爱玲的散文，她的语言轻灵得无法企及。读她的书要准备好一种心情，还要把屋内打扫得一尘不染，细纱窗帘半掩着，窗外有点小风，有些阳光，背景音乐是一中精致的古筝曲……看一阵儿书，出一阵儿神儿，我们对眸一笑。窗外摇着一树绿影，这就是我的城堡，我的家……

1999.11

"闲妇"自白

闲对于我，不仅是一种生存状态，也是一种自然，一种享受，甚至是一种哲学。

我生活得很简单，我希望越静越好。任何一个隐居的人她一定喧嚣过，一定热烈过，最后才归于平静的。我这人比较敏感，我不一定多么喧嚣过，好像也喧嚣过；不一定怎么热烈过，好像也热烈过。隐居不是从某一天开始的，而是逐渐一点一点地渗透，越安闲越觉得幸福。对生活，我有一点很轻视的风情，但我又不会蔑视得太彻底，因为我骨子里对生活、对生命依然充满柔情。我觉得生命的意义不在于使用，而在于享受，在于我按照自己的意愿生活。我就是喜欢独处，我喜欢听音乐。我最大的幸福是有一间面对风景的屋子，每天站在高高的大大的阳台上，迎日出送日落，眺望北海的白塔和夕阳中的远山。不介入任何圈子，不看任何人的脸色行事，不争职位，淡泊功名利禄，远离名利场，为了心灵的自由，给生命放假，我觉得特幸福。

闲妇其实不闲。无论是为了生计还是为了乐趣，我都不能真正的闲，"闲"是一种心境。人到中年，经历了人间的烟雨，也看到了生命的尽头，这是一种清醒，也是一种觉悟。女人的风采并不一定在于华美的衣裳，青春的艳丽，而在于她的悟性。有悟性的女人清朗有灵性，为人处事有张力，也善于在妥协中巧妙地坚持。

闲妇总是适当地拉开与生活的距离，我虽然喜欢探索人的心灵，然却不喜欢与任何人有频繁的交往，这会令我恼火和烦心。

我喜欢把家收拾得干干净净，最喜欢的音乐是俄罗斯作曲家鲍罗丁的《在中亚细亚草原上》。墙上挂着欧洲古堡的油画，我不会忘记的是每天给家里人做出可口的晚餐。闲妇一个人对着墙壁依桌静坐时，眼前不是封闭的墙，而是广阔的世界。脑子里的线路与外部世界始终接应着，必要时也会短暂切断电路。

　　隐居不影响我的创作。我需要隐居这样的生活，隐居并不意味着完全彻底地排斥现实，对生活我不麻木，时时保持一种新鲜感，一种热情。我隐居，但并不是完全不生活。我不认为创作多么重要，我不是要利用我的生命，而是在享受有别于正常人的更为有限的生命。创作是我灵魂的一个出口，是语言的歌唱，是心灵的呐喊。

2001

名人疯狂访

问：你的头脑中会不会飘过一些疯狂的念头？（你觉得自己内心里有疯狂的因子吗？）

申力雯：

我觉得想到疯狂的人，本身潜在就很疯狂。这对于一个隐居的闲妇来说，确实有点荒诞。可是，我看见很多人都有疯狂的因子。但不同的人有不同的疯狂。年轻人的疯狂，那是荷尔蒙的分泌，是青春的冲动，可是一些老男人老女人的疯狂，就很丑陋、很病态、很下作。至于我自己，我是在疯狂地躲避着这些疯狂。

问：你认为疯狂能带来自由的快感吗？为什么？

申力雯：

这得看究竟是什么疯狂了。50岁男人的疯狂是他对权力、女色最后的攫取；50岁女人的疯狂是她对性别的病态的留恋——从生理角度讲，那时候的女人已经没有多少性别特征了。我见过已经停经的女人还嗲兮兮地对别人说："哎哟，昨天我'倒霉'了！"对这些人而言，他们得到的是病态的快感。

问：你做过的最疯狂的事情是什么？

申力雯：

我曾经穿着一件30年代的绣花绲边旗袍，黑色的绣花鞋，走在80年代的北京闹市上。我觉得自己非常的俏丽动人。别人怎么样我根本看不见,那种心情不仅是骄傲,更是一种跋扈——所以,你不要误解我是在自恋,因为自恋的人是自怜的人,而我,就是一种跋扈。

问:你最想去做,但永远都不会去实行的最疯狂的事情是什么?
申力雯:
坐在大大的阳台上,我晒着暖和的冬天的太阳,看着眼前的湖光山色,没有任何人来打搅我。

春日秋祭
——与王朝垠老师最后的谈话

那是个秋季的傍晚。

我沿着河沿散步,走着,走着,便看见了那座二十层的高楼,恍惚中看见朝垠老师书房的灯还亮着。

电梯像一阵风一样,把我送到了最高层。走出电梯,只见朝垠老师书房的门半开着。推开门,只见他一个人陷在沙发里,手里托着一杯啤酒沉思着,有些沉重。他看见我有些惊喜,起身给我倒了一杯啤酒。

"两年多不来了,真成了稀客了。"

我连忙解释,"我现在不喜欢走动,基本上过的是隐居生活。"我落座在朝垠老师对面的沙发上,他端着啤酒却没有喝,半天说了句"人真是变化的"。

"也许,变化是从心里的。"

"你小时候是一个特别爱活动的女孩子,谁家的门都敢敲,多高的树都能爬。"

"我现在已经是居士了,法名叫云阳,这是我一直想告诉您的。"

朝垠老师隔着镜片,重新审视着我,好像要重新发现什么。

我呷了一口啤酒,低下头。

"你小时候,喜欢当托尔斯泰笔下的娜塔莎,后来又想当探险家,现在坐在我面前的是位皈依佛门的居士。"他的脸上显出一种苍凉的神情,停顿了一会儿又说，"我进《人民文学》时二十四岁，现在五十七岁。六十年就是一个甲子，时间就这样一天一天，一年一年地过去了，现在才体会到'高堂明镜悲白发，朝如青丝暮成雪'的意味。"

"您发现了一大批作家，足以使您宽慰了。"

"唉！不说这个，不说这个，换个话题。"

"记得你小时候，拿着一篇作文《我的红领巾》在我的小屋里朗诵，脸冲着墙，念完了转过头来，睁着一双圆圆的眼睛。我就知道你等着我夸你，我偏不顺着你，只说了四个字'不怎么样'，你急得眼泪都快出来了。"

"记得……"

我想起了小胡同里四合院的小屋，红小豆粥在煤球炉里的火舌上吟唱着，我恍惚听到了自己少年时代的脚步声踏在四合院的甬道上……我的心不禁有些怅然。

"你从小就是一个心性很强的女孩子。"

"也许，我现在懂得了生命要顺应自然。"

"我活了五十七岁，才悟得'自适'是生命最高的境界。"

"自适？"

"比如一个人擅长写诗和短篇小说，可他偏想拿一个茅盾文学奖，这个奖是专给长篇小说的，于是他就勉强写起长篇……这就是不自适。当然，自适只是一种愿望，现实生活是很沉重的，活着必须有一种承受痛苦的力量。"

他饮了一大口啤酒，用一种严肃的口气说："我最近常琢磨生死问题，这也是个哲学问题，我不是佛门弟子，可心与佛是相通的，你们佛家是怎样看待生死的？"

"佛家把肉身看作虚幻不实的东西。佛家讲把种种假象看破，便可以明白了，就是每一个人本来的佛性。名将病老，美人迟暮，这说明了生命本身的不圆满。"

我浅浅地饮着酒，连我自己都不知道怎么突然问了一个这样的问题。

"一个人什么时候觉得自己老了。"

"现在，现在就觉得自己老了。昨天，还有计划和展望，今天竟然只有回顾和怀恋了，这就是老了。不露面的命运让我生下来扮演着一个角色，然后重归寂静。"

"每个人都重复着同一个规律，在这个层面上，大家是平等的。"

"您将会静归在一个山清水秀的地方，或者是湖南，或者是四川的黄龙寺，当然，那是很久很久以后的事了。"

"不，不会很久。"他说得肯定而平静。

我有些惊异。

墙上的时钟已指向晚十点四十五分，我起身告辞。

"再坐一会儿吧，难得来一趟，我还有一个佛经的问题和你探讨。"

"下一次吧。"

"过几天，我要去湖南出差。"

"湖南？"我重复着，那声音轻得只有我的心能听到。

我低下头看了看表，"哎呀！时间太晚了怕没有电梯了。"

"也好。"依然是平淡的声音。

我走进电梯，他站在电梯外，向我无言地摆了摆手。那脸上的神情，透出一种我从未看过的沧桑。顿时，我心头泛起一种莫名的伤感，连声对他说："下次，等你从湖南回来，我一定会来，一定……"

电梯门关上了，瞬间，我们隔成了两个空间，这是一九九三年九月的一天。

朝垠老师于公元一九九三年十月十五日上午九时十五分在他的故乡湖南永远地归于宁静了。

朝垠老师，您太累了，您躲开了追逐、奔波和劳碌，在你青山绿水的故乡湖南静心养神吧！您走得潇洒、漂亮，像您的来一样，应该说这样的生命是美丽的。

但是，从那个日子以后，我不再对自己，也不再对朋友说"以后"、"下一次"、"等一等"、"我会再来"，永远不会。

我懂得了什么是生命。

1994.1

偏偏在秋季

请原谅我,还是在信中和你告别吧,也许这是你在国内我写的最后一封信了,真不知该用怎样的文字,怎样的语言,怎样表达才好。

人的生命也好像是秋天的树木,飘落了最后的叶子,是等待冬天?还是迎接春天?但都已不是那个冬,也不是那个春了。

人就像星星一样,该在什么位置,就在什么位置,这是不可抗拒的,其他的一切都是徒然。

也许,正因为我认识了这一点,所以也就能承受生命中并不太轻松的东西。

几年的相识,却只有一次不长的相见,那是在一家美国风味的餐馆。

我第一次看见你,你也第一次看见我。那长长的过去,原来只是瞬间的等待,然后,你便远去,也许永远不再回来。

萨克斯管吹着一支浓郁的北欧情歌,我感到一种异常的寂寞,无言地举起酒杯。

你说:"飞机还有两个小时起飞。"语气很轻很轻,可落到我心里却很重很重。

我们沉默着。

萨克斯管送来一个沉重的音符,吹乱了我的心绪。

我轻摇着柠檬杯里的冰块,看着它慢慢融化时卷起的一个个小小的漩涡。

你突然说:"我们本应去天桥的茶馆,或东四豆汁铺……如果不是因为家在国外，我是不愿走的，我已经习惯了这里的一切……"

你把手慢慢伸向我，柠檬水倾泻了，我看见你的眼睛是潮湿的。

"我害怕去机场。"我说。

你把头转向窗外。

……

在那种只有神思，而无所求的境界里，浅尝几许淡泊，是瞬间也是永恒。

记得你曾说："如果我和许多出去的人一样，不再回来，大约能够得到别人的理解，可我日后一旦回来，盼望能得到你的理解。"

你走时，我祝福你，你回来时，我理解你。但，为什么偏偏是在秋季！

人生无悔

深夜有敲门声,开门进来的是燕姐,见到我便拥我在怀里哭了,原来又是为了老母的事。

燕姐的老母我该叫她表姑。表姑虽说只有燕姐一个女儿,可却从不娇惯,而是要燕姐凡事一味服从。随着岁月的流逝,表姑的个性也愈来愈顽固,脾气也是愈涨愈高,把燕姐一个好端端的三口之家,搅得终日不得安生。

燕姐说,请过的保姆少说也有一个连队,都前前后后甩手不干了。这可苦了燕姐,她只好请假伺候。燕姐刚刚换完尿布,表姑又拉了一裤兜子屎;手还没闲下来,她又吵着要吃鱼;燕姐手忙脚乱地晚了几步,表姑就把玻璃杯砸到电视机上了。

燕姐说着已哭成了个泪人,一副山穷水尽把人逼到万丈深渊的样子。她说,宁愿借钱卖血请高价保姆,这辈子还不清下辈子还,我实在是活不下去了。

燕姐刚刚过了四十岁就患了冠心病,有一次她嘴里含着硝酸甘油徘徊在大街上,不知该去哪儿休息,后来竟晕倒在马路上。家里共有两间房子,表姑一个人占了一间向阳的大北房,燕姐的女儿已是十八岁的大姑娘了还和父母住在一起。女儿今年考大学,可这个家呀,表姑从早到晚都要制造出各种各样的噪音,有时呻吟,有时怪叫,有时骂人,有时诅咒:"我死,我才不死呢,我不能死了让你们过好日子……"

这又一次强化了一个重复千百次的真理:每一个人都有每一个人的难处,

每个家庭都有每个家庭难讲的故事。说来都是小事，可日子不就是由这些小事构成的吗？日子总要一天一天地过，也许它过得很缓慢。

我留燕姐在家里住了一夜，第二天太阳一出来，我就把她拉到院子里的松树下，用手指了指，"你看……"燕姐睁大了眼睛，定定地站住了。只见一个瘦黄瘦黄的女人吃力地搂着一个十几岁的孩子。那男孩的两条腿是软软的，不能支撑地面，两只胳膊卷成一个怪状的圆形，脖子不能自由地扭来扭去，面色是红红的，身子是胖胖的和那女人形成一种反差。

"他们？"

"他们是母子，那孩子一生下来就有病。"

燕姐不再说话了。

几年前，那母亲曾对我说，有好几次她推着车子到野外，想把儿子留在荒山上；也有好几次她紧抱着儿子想一起投进河里，可她还是把儿子领了回来，把自己也领回来了……

"以后呢？"

"以后的事情，只有以后知道。"

回屋了，我沏了一壶绿茶倒在杯子里，淡淡的，涩涩的，绿绿的沁着一缕清香。我们围炉而坐，炉子里的火"嗞嗞"作响，闷着一股沉沉的热气，我和燕姐都沉默着。

"雯妹，你的病？"半天，燕姐说了一句话。

"还好。"我淡淡地说。病，疾病是我最害怕触及的话题，是呀，有谁体味过从少女时代就疾病缠身的痛苦与无奈呢！那时，我因患扁桃腺炎发烧波及了肾脏，后来又转成慢性肾炎。从此我就像一个判了死缓的人，看着一个又一个肾炎患者转成尿毒症离去了！我突然明白了，原来生与死离得那么近，近得可以触及。生命是一个很弱很脆的东西。我的早熟乐观甚至有些玩世，得益于疾病的教化。人若是不能对生命本身大彻大悟，又怎能看破生、老、病、死这四个关卡。

我打开了激光唱机，里面响起了理查德·施特劳斯的《查拉图斯特拉如是说》交响诗，第一乐章是"日出"。那优美深沉的旋律把人带到天国的世界，太阳好像在穿过厚厚的云层痛苦地分娩出来，红红的、滚热的太阳在和我对话，激动得让人流泪。

我常常把人生比作一次旅行，苦累辛劳眼泪都是我们必须付出的旅费。旅途上有时是泥泞，有时是黑暗，有时是险峰，有时是春光……我们住一阵子就要背起行李另觅下一个风景点……无论你愿意还是不愿意，人生就是这样从一个驿站到另一个驿站，最终的归途是永恒的宁静与平等。

懂得生命本身只是一个过程，人自然就心平气和。所谓命就是机会运气，谁也否定不了运气机会的力量。命运就是自己无法控制的一种冥冥之中的东西。如果命中注定有一个钢板压在你身上，你也得扛着。有的人，一根稻草掉在他头上，也要大哭大叫，这是因为他还没有看到命运的力量。

人活在世界上，必须有一种承受力，承受幸福与痛苦的力量。如果你的脖子上套着一根锁链，你想拿下来扔掉，却发现它已连着你的血肉。我劝你，还是要无悔地把它套上，平静地走向下一个驿站。

交响诗《查拉图斯特拉如是说》正述说着它的尾声——复苏。

外婆的家

小时候,我不明白,为什么我的家里有那么多人,而外婆的家里只有她一个人?

外婆住在一个很深的院子里,门前有高高的石阶,还有两个石狮子。我常常骑在石头狮子背上,手里摇着拨浪鼓,并不住地甩着头发。邻居们常常指着我说:"看,高台阶老太太的外孙女。"

外婆总是一声不响地坐在一把旧木椅上,绣着各种花草。秋天,院子里那棵槐树的叶子落了一地。空气是凉凉的。我隔着玻璃窗望着外婆,她安详平静。不知为什么,我的心却有些难受。

有一天,外婆打开了樟木箱,一件玫瑰色的丝绸旗袍跳入了我的眼里,它散发着一种特别的气味,外婆的手慢慢地在旗袍上滑动。这时,我发现外婆干干的手上,爬满了一点一点黑色的东西。我连忙跑过去,摸着外婆的手问:"这是什么?"她慢慢地说:"时——间。"目光是朦胧的,好像落满了灰尘。

我眨着眼睛觉得时间原来是童话里的魔鬼。我拥在外婆的怀里,"外婆,离开这儿和我们住在一起,再不让时间这个坏东西来这里瞎窜了!"外婆抚摸着我的头说:"我十九岁,你外公就逝去了,那时,你妈妈还怀在我的肚子里。我等着你妈妈,直到看着她找到了好人家。你妈走了,剩下我一个人,我还要守着这个院子,这个家。这是属于我自己的家,不能让它长了荒草……"

从那时起,我便觉得家是个沉闷的老屋、黑色的时间和空落的院子。于是，我想过一种漂泊的动荡的生活。

当我长大的时候，我真的漂泊了，跟着爸爸去干校，去农村……青春在马背上溜达，生命在荒野中闲置。当我躺在山坡上，望着蓝蓝的天空时，我总是看到远方外婆门前高高的青石台阶，深深的庭院，紫红色的旗袍，漂泊的心突然有了一种像被深锁的亲切与安宁。

后来，我也有了自己的家，它既不那么单调，也不十分复杂，它所包含的并不完全是简单的幸福。无论是春天还是夏天，我总是喜欢打开窗子，看着燕子在我屋檐上筑巢低吟。

我渐渐悟得，家对于外婆，对于女人，也许是一种宗教。我这样想时，内心是笃定的。

擦油烟机的孩子

他,一个擦油烟机的孩子,只有七岁,名字好像叫冬冬。

他跟他爹在我家厨房鼓捣着油烟机和排风扇。先生和他爹说着什么。我在屋里读童话故事。

"冬冬,快下楼找你妈要两节烟筒。"他爹粗声粗气地说。他"噢"了一声,便笃笃跑下六楼。

一会儿便从楼下传来了渐渐清晰的声音:"我——来——了""我——来——了"显然那声音是伴着稚嫩的脚步,从一楼冉冉升起的。那声音像清晨田野的牧笛,灌满了清香的露水,又像遥远童年的铃铛,伴着麦秸秆做的小风车在夏日的溪水旁歌唱,它有一种神奇的力量瞬间抓住了我的心。《童话故事》从我手里滑落了,可那清新的牧笛声在这狭窄、漆黑的楼道里受到了挤压和冲撞,我内心产生了一种难以抑制的激动和爱怜。我冲出房屋把门打开,让田野的铃铛声和牧笛声装满我的小屋,顿时这里阳光灿烂。我接过烟筒随手递进厨房,便抱起了他。他摇着头,"阿姨,别抱我,我脏。"这句话冲进了我的心,我忧伤得直想哭。我亲了亲他红得像山里红一样的脸蛋,"这么好的孩子,怎么会脏。"他笑了,黑亮黑亮的眼睛清澈得能映出我的影子。

"你几岁了?"

"七岁。"

"上学了吗?"

"没有,我爹说在北京上学要交好多好多的赞助费。"他用力地张开了两只小胳膊，脸涨得红红的，"我爹没钱。"他的胳膊无力地放下了，"我爹说等赚了钱回老家上学。"

"什么时候？"

"反正——以后吧。"

"那——"我一时语塞了。过了一会儿，我接着说："你喜欢北京吗？"

"喜欢，我跟我爹干活去过许多家，北京的小朋友玩具真多！"他抿了抿嘴，扬了扬眉毛，结实的小手在桌子上手心手背地翻着。他突然发现了什么，"阿姨，你们家的玩具呢？""你最想要什么？""我最想要一个变形金刚，它一会儿变成一把枪，一会儿变成一个坦克，一会儿变成一个学校。"他的手指兴奋地比画着，好像每一个手指都蹦着跳着抢着说话。"我看见别的小朋友玩，我也想要，可我爹说要别人的东西不是好孩子。"我抚摸着他漆黑的头发，柔软得像春天的小草。

我打开了一听芒果汁，他喝了几口，望望窗外，又小心地抿干了洒在拉盖铁片上的果汁，然后用灵巧的小舌头在草莓似的嘴唇上来回转了好几圈，好像是童话里一只刚刚吃完鱼的小花猫。他抬起了头，请求似地说："阿姨，我不想喝了。"然后他便端起那听芒果汁，飞快跑下楼，像一只急切归巢的小鸟。"妈妈，我来了——妈妈，我来了——"那声音渐渐远去了。我突然意识到什么，轻轻推开了窗户，只见他双手小心地捧着那听芒果汁，踮着脚尖举到他妈妈的嘴边。那女人把油腻腻的双手，向上扬了扬。

我站在窗前，眼泪簌簌淌了下来。

后来，我经常在大院里打听寻找那个擦油烟机的孩子，但没有见到他。也许他回老家上学去了，也许他依然跟着他爹他娘在京城，挨家挨户地擦着油烟机。他又长高了吧？

我买了一个他最喜欢的那种变形金刚，还有一套看图识字，彩色的。

我等着他。

我盼着他来。

1996

再见，"面的"

团团的雪花已停止了飞舞，街上一片洁白。我在雪地上踱着步，怀着一种特殊的心情等待"面的"的飘然而至。在等待中，心中泛起一种清凉的惆怅，就像和一个就要远行的朋友为了告别而相聚。尽管这次远行是那样必要而庄严，但与他一起同行的风雨历程却让我难以释怀。

工薪族的生计是穷人的生计，穷人的生计是需要算计的——手稍稍松一下经济就会透支，本不宽裕的日子就会紧紧绷绷，令人透不过气来。工薪族每天出行的交通工具大半是地铁、公共汽车，救急、救困、救难的时候搭乘的是"面的"，"面的"是工薪族最经济最实惠的选择。"面的"师傅对待乘客有一种情感的认同，既然打"面的"的一般不会是什么款呀、腕儿呀（至少经济上不是），师傅会和你拉起家常，从天气到住房，从物价到医疗，从腐败到廉政，从戴安娜到莱温斯基，从足球到盐湖城丑闻，从路况信息到空气质量……谈得轻松自在没有负担。话头还未尽兴，地方已经到了，乘客颇有一种下次接着侃的愿望。同样是赚钱，"面的"师傅赚穷人的钱与赚富人的钱颇有一种不同的心情；凡是那些打着领带，拿着手机神气活现打"面的"人，路程又是该蹦字又不到蹦字的里数，师傅心里嘀咕：既然那么"牛"，何苦还这么穷算计。

记得1994年的夏天，家里有人生病住在协和医院，疲倦的我每天奔波在协和医院与和平里之间。这是一条处处梗阻的路，走二环堵！绕雍和宫堵！奔安定门堵！加之我心情不好显得特别烦躁。不成想"面的"师傅不仅不急反而还

再见,"面的"

劝我:"碰到你这活儿,里数又不蹦字,路又不好走,我也得心平气和地干,自己劝自己,这趟活儿不好,下趟兴许就是好活儿,哪能好事都让你一个人摊上。人活着本来就不易,千万别跟自己较劲。"这句纯粹的大实话,没有包装的善意,顿时令我的心豁亮了。

一会儿,一辆鲜亮的黄色"面的",披着一身的雪花戛然停在我的面前,师傅探出头来说:"上车吧"。我说明来意,没有目的,随便转悠转悠。他的神情有些感动并且明白了我的意思。车上收拾得干干净净,玻璃擦得透亮透亮的,车窗上还摆了一束冬青草散发着清香。师傅没有多说什么,一脸的心事。当车过了景山,他慢慢地说:"我也是最后一天开车,明天就把车交了。看我把车收拾得干干净净,走,也让它干干净净地走,这是我的心意。我开这车八年了,养个孩子都八岁了。我们一家人的吃穿用都从这车上找,乍一分手心里还真舍不得。头天晚上我喝了一瓶酒,思前想后这车早早晚晚风里雨里跟了我八个年头,我不忍心看它去首钢报废。可话又说回来,开'面的'咱是为了好好过日子,废了它,更是为了咱能健康地活着。说实在话,开一天车,我的心口直发堵,鼻子出不来气,身上也发软……让空气干净点儿,天能蓝点儿,每天跑在路上也痛快,说的就是这个理儿,咱明白。"

临别时,司机告诉我,过些日子他要换一辆好车,兴许哪一天又能拉拉我,一回生二回熟就是朋友了。

我望着这黄色的"面的",缓缓地消失在黄昏的暮色中。

再见,"面的"。

1994

宋妈妈

宋妈妈，我一直这样称呼她，她是一位与我母亲同龄的女人。她的先生与家父是同事，她的女儿又与我是幼儿园的同学。大约从五六岁起，我便常去她家玩，从我记事起便觉得宋妈妈是一位美丽而贤德的女人。她家的小院种了许多丁香，我称这里为丁香园。每到春天，丁香的清香一直飘荡到外面的街巷。她的一生抚养了五个儿女，如今她的儿女在世界各地学有所成。我常常说宋妈妈是位成功的母亲，尽管她的一生从未走出过家庭，却有着职业女性不一定具有的胸怀与气质。

我作为一个写作者，并不大关心世间的故事，而喜欢探索人的心灵。随着岁月的流逝，我渐渐发现身边许多看来平凡的人或事，原来并不平凡。尽管宋妈妈的五个儿女都是博士、博士后而且孝心有加，但宋妈妈从未对任何人夸奖过自己的儿女，更不炫耀他们的富有，仿佛天生有一种沉潜的气质，这对一个把一生的希望都寄托在儿女身上，并历经了许多磨难的非职业女性，是多么难得，难得得令人惊异！不信你不妨留意你的周遭，有许多时髦的母亲，也许她们受过很好的教育，也许她们有着体面的职业，她们总喜欢把儿女当成一种东西一种物件来炫耀和张扬，可是宋妈妈却不这样。因为她懂得人生，通晓人性，她知道自己的节日不等于是别人的节日，所以她平淡而深厚。尽管她的一生都生活在家庭的围城里，但她的视野和胸怀，早已穿过这城堡，眺望更辽远的天空。这不仅是一种修养，更是一种能力与天赋。

大凡人到了宋妈妈这个年龄，也许会孤独地坐在床沿上，望着窗外不断轮回的四季和渐渐流逝的岁月，陷入人生黄昏无尽的惆怅之中。然而宋妈妈却在居所附近开了一个温馨小店，小店里陈设着各种质地各种款式的旗袍，各种丝巾，各种帽子，各种绣花鞋，各种旧唱片，一架老式的留声机里唱着《四季歌》，桌上放着紫砂茶具，几把旧藤椅散放在四周。也许，怀旧是一种温柔的收藏。人们望着这些象征着岁月印迹的东西，还有这位经典的老妇人，一时会想不起身在何处。

　　有一次我和几个朋友到宋妈妈的小店去喝茶，宋妈妈说来这里别忘了穿旗袍。那天我穿的旗袍是淡蓝色的，A女士穿的是月白色的，B女士穿的是葱绿色的，我还戴了一个纯白色的玉镯。几种颜色配在一起一下便有了气氛，品着清茶，实在是有一种异样的感觉。

　　宋妈妈说，开这个小店，就是为了人来人往，热热闹闹，觉得生活蛮鲜亮。

　　阳光透过玻璃照进小店，宋妈妈这里一地灿烂。

2000.4

银滩一日

这里是一个童话的世界。

沙滩浪漫地挥洒着她无尽的温柔,蓝色的大海融进了蓝色的天空,蓝得仿佛轻轻一抚便可以沾到满掌的蔚蓝,这可能是世界上最美丽最宁静的海滩。我踏着细柔的银滩,呼吸着大海凉爽清新的空气,一种热闹散尽之后所特有的宁静,充满了胸怀。

在海滩上只留下一个看上去极渺小的我,在黄昏的海风中静静地走着。红尘中我所熟悉的街道、楼房、车辆、行人,大都市所有的压迫感瞬间已变成模糊的昨天。我置身在真实的仙境中,突然感到自己身体的躯壳已豁然打开,所有的对世俗的依恋,甚至五脏六腑都已逸散一空,我的心像一面镜子。这是个宁静平和的时刻,它深致的意境,令我只有静默。

一叶黄色的木船,孤寂地横在海边。它像一首古诗,含着深深的情韵,梦一样托着我轻轻飘起。我静卧在船里,船在海水里浅浅地摇着。绵绵不断的涛声,小心地抚慰着我。在涛声中,我看见了外婆门前清清的小河。我突然感到天地自然的悠悠长久和人间光阴的流逝,怅然的泪水悄悄流下。几个卖海螺的小姑娘提着篮子从海滩上走过,留下一串串童稚的叫卖声。我悠闲地放眼这周边的一切,静听这天国的声音,便觉人生至此已经定格。我闭上眼睛,尽情地品味着这有限的生命的奢侈。

不知过了多久,我感到小船和我正在一点一点被什么抱着走。"涨潮了"、"涨潮了",风把一个苍老的声音送到我耳边,只见一位七十多岁的老人正在海水里推着木船向沙滩上移动。他笑着说，"一会儿海水就把你带走了。"一打听，老人家姓林，是这里的渔民。他古铜色的脸像是用粗泥雕成的，没有上釉。我请求他带我到海上走走，从北京来北海很不容易的。"噢，老远来的。"他眯起了眼睛看了看天，又打量了大海，"好，趁现在浪不大。"

小船在浪里一起一伏，我的心也跟着一上一下，兴奋得有些喘不过气来。这是我第一次坐着小木船在大海上游，感到格外刺激。一个浪过来了我惊叫着举起了手，腕上那个紫红色的手镯在白浪里闪过。林公公手里的桨停了停，用一个手指小心地触了触手镯，然后向我伸出了大拇指。我说："普通的，刚刚从越南买的，要是喜欢送给您女儿。"他摇了摇头嘴角抽动一下像是要说什么，一个浪"哗"地扑过来把他的话吞没了。"林公公，这么小的船在海上打鱼遇到风暴怎么办？""唉，在海上讨生活难呀，年轻时带着女儿出海，出来时还风平浪静，一会儿海就翻了脸，几尺高的大浪打过来。我急忙把锚抛下，原以为船这就稳当了，没想到紧跟着掀起的大浪就把船死死盖住了，我的女儿走了。"他饱经沧桑的脸上悲哀得没有表情。"女儿走后我懂得了遇到大浪就把锚收起来放在船上，让船随着风浪飘，这样虽说有危险但还有活下去的可能。"瞬间我的心陡地沉到了海底。"风险"这一都市里炙手可热的时髦词此时显得那样不足挂齿，一个普通渔民生与死的风险这样真实地逼近我，我感到一种实实在在的战栗。

一只疾驰的乌黑的小船风一样飘来，划船的是个英武的小伙子。他单臂划桨敏捷、轻灵，像是轻轻划过水面的海鸥。当他从我的船边掠过时，大声说："我去打螃蟹，明天上午回来。"林公公咧开了干瘪的嘴，漾出一脸灿烂如春的笑，指着那青年告诉我："我的崽！我的崽！"他说，螃蟹只有在风浪大的时候才出来，我的崽先把网撒下，夜里会有大浪。我默默为他祈祷，望着那远去的小木船，心里涌起一阵说不出的凄然。

临别时，我邀请林公公来北京做客。他摆了摆手说："我的崽每天夜里都出海，黑压压的一个人也没有，什么也看不清，我日日都在岸上等崽回来。"话落到我心里，热热的酸酸的。我低下头把腕上的手镯轻轻放在林公公的手里，在他耳边说："我会再来。"

1996.10

节后闲话

在不知不觉中,春节已滑过去了,心却倏地怅然起来,好像失掉了什么,又好像少了些什么,也好像多了点什么。

春节俗称过年,传说在远古时代,夏时年叫岁,周起才叫年。谷子一年一度地熟了,最初年以农作物的生长成熟的时间为周期。《礼记·月令》上说"天子祈谷于上帝"。即天子率领公卿,做期望五谷丰登的祈天活动。又有喜庆丰收的意思。又有传说,春节时有怪兽来到人间,人们要用鞭炮来驱赶鬼邪,以期吉祥平安。春节期间人们要放爆竹、挂桃符、穿新衣、饮屠苏酒、相互揖拜……

春节北京人有独特的习俗。如:二十三粘糖瓜,二十四扫房子,二十五磨麦子,二十六去割肉,二十七写对子,二十八贴窗花,二十九蒸馒首,三十晚上熬一宿,大年初一三叩首……这是中华民族一年一度的新春佳节。春节有着民俗的准则,这是几千年来中华民族文化的积淀,具有独特的东方神韵。它凝聚着亿万炎黄子孙华夏儿女的心。其中我最喜欢的是贴窗花和写对联,看着窗户上贴的红红的、形象各异的窗花,顿时喜上眉梢。对联是中国的特产,中国所独有,它是汉字的语言文学派生的产物。汉字是单字,一个字是由辅音和元音组成,一个字一个形状。单字为对偶创造了条件,任何别的语种无法企及。对联起源于唐,形成高潮在明清。

如今在城镇已很少看到贴窗花、挂年画和写对联了,即使有些对联写出,也难免不符合对联的修辞与音韵,即不能做到两两相对,那就不过是两句话罢了，而不是真正意义的对联。

春节有着自己神圣而亲切的民俗准则，但渐渐地已被淡化，渐渐变成一个悠闲的假日，一个长长的懒懒的电视节。年三十晚的团圆饭，人们已不一定在家吃，人们已不再祭祖拜年。人们或郊游或外出，春节的习俗人们已遗忘或淡化。一些年轻人开始崇尚洋节，如圣诞节、情人节，他们玩得十分"经典"。春节在岁月的打磨中已失去了往日的庄严，人们正以一种游戏的轻松的心情度过春节。春节的外包装在变，它的内涵也在变，不变的只是孩子们的压岁钱，钱愈涨愈高，令囊中羞涩的人无奈而紧张。原始的社会风俗对人的约束力愈来愈小，人们已不再重视春节的形式。人们在变化中摸索了自己快乐的方式，不过，过年的味道却愈来愈淡。

大年三十午夜十二点，我站在阳台上，听着悠悠的钟声，周遭的钢筋水泥丛林一片静寂。突然传来了一个操着外地口音青年的喊声："过年了！过年了！过年了！"那声音在这寂静的夜晚显得格外单调，旋即被吹散了。他也许是个异乡的漂泊者，他也许在想家乡过年热闹的情景，他思念他的家，他的亲人……我这样想着，心里酸酸的。

初八，立春的日子，姑奶奶该回娘家吃春饼去了。过去人们把立春叫打春，这是一个盛大的节日。人人都穿上新衣服，用纸糊个牛，用鞭子抽三下叫打春，预示着万物复苏，春回大地，该投入春耕了。

也许过去的无法挽留，可春节的风俗已在我心里扎了根，我固执地怀恋着她的约定。这是一种历史、一种文化、一种浓浓的扯不断的情愫，我真怕多少年以后，春节的习俗已封存在落满尘埃的古书中。

变化是必然，在这多元化的今天，我不能轻易地评判这种变化，更不能简单地说它好或不好。

1998.2

永远的二月兰

从那一天起,我叫她"外婆"。

二十年前,我到北方一个偏远的乡村度假。那是一个宁静、民风淳朴的小村庄,人们叫它裕庄。它坐落在长城脚下,村前有条清清的小溪。它从高高的山上像一条玉带蜿蜒飘下,溪水滢澈,映照着蓝蓝的天,白白的云。它默默地流淌着,好像在悄声细语地叙说着雨季的故事和往昔的惆怅。

我每天都坐在村前的小河旁,手里翻着画册,两只脚拍打着溪水,水花顽皮地溅到我的脸上。我望着那蓊郁、缤纷斑斓的远山,从遥远的天际绵绵延延而来,挥洒着无尽的远古的气息和质朴的情韵。

在村口的一棵古槐树下,我经常看见一个老人手里提着一个竹篮子,来回张望着,风撕扯着她花白的头发。她穿着青色夹袄,腋下的搭扣没有系上,露出一抹白色的衬里。那被岁月磨损的脸是苍老的,但却透出一种清瘦和洁净。她遇到有人从村子里出来便问:"到孟庄吗?费心捎点东西吧。"她不断地重复着,直到有人接过篮子,老人才弯着腰默默地走了。她总是一个人来,又一个人走。我把身子趴在膝盖上,不再看山也不再看水,只望着她,想着她,她到底是怎样的一个老人?

听村里人说,她姓张,抗日战争时她失去了丈夫,家里只剩下她一个人。她没有再改嫁,她说丈夫是为打鬼子死的,他没有别的亲人了,不能让他的坟头上长了荒草。她一个人苦苦地支撑着。战争中她给八路军做了许多衣服被子,冒着枪林弹雨悄悄送到大山的那边。那个住在孟庄的大娘有着和她一样的遭遇，是她的亲人也是战友。这个平凡而动人的故事悄悄地走入了我的心灵，从此我担当起裕庄和孟庄的信使，传递着她们彼此情感的信息。从此我经常走入老人那爬满青藤的院落。一架古老的纺车吱吱地响着，窗外的花椒树摇着一树的葱绿。

　　裕庄到孟庄要翻两座山过一条河，日头出来走日头落了才能回来。她给孟庄老人带的是些吃的用的：拨落饼（把面摊在菜叶上里面放上馅蒸熟）、白面饺子、手套、袜子……然后我又从孟庄拎着差不多同样的东西返回裕庄。讲究实效的现代人往往会把这种往返看作没有意义的重复，现代趋于沙漠化功利化的人际关系，很难理解正是这种往返。这片情感的绿洲，支撑着两个互相牵挂的生命。

　　有一次我要到集市上看皮影戏，老人让我顺便到孟庄看看，我答应了。看过了皮影戏又在镇上的书店转悠了大半天，早已把去孟庄的事抛在脑后了。太阳已落山了，我只好打道回府。回来时，我站在屋檐下，隔着竹帘说，我去了孟庄，她很好。院子里的鸡咕咕地叫着，老人拉着风箱，点了点头，灰白的炊烟袅袅地溢了出来，我转身便走了。

　　过了两天传来了消息，孟庄的老人溘然长逝了！我一下子就扑到了她怀里哭得死去活来，"那天我没去孟庄，我撒谎了，我该去看看她，也许……"她抱着我也哭了，"我知道，你是好孩子。好孩子，人老了随时都会蒂落入土，只要她走时没受罪就是福。人老了只求这个福了，求到就好。"她突然笑了一下，好像是在安慰我，又像在安慰自己。她的笑容那么动人、慈爱，那是不常笑的人才有的笑容。我不禁叫了一声"外婆"。她抬起了头，蓦地又流泪了，她抚摸着我的手，我的辫子。我看见她疲倦的眼睛里燃烧着爱。

　　"外婆"总是摩挲着一封又一封寄给她的信。她说："这信里都装着要说的话吧，有那么多人要和你说话，多好。"她的神情有些寂然。"能把信给我念念吗？"于是我一封又一封给她朗读。她一边听，一边做活计，一会儿线用完了，便把只做了一半的鞋面子抵住下颌儿，轻轻地唱一支歌："长亭外，古道边,芳草碧连天,晚风拂柳笛声残,夕阳山外山。天之涯,地之角,知交半零落。一觚浊酒尽余欢,今宵别梦寒。"声音有些沙哑低沉,充满了惆怅之情。

  假期很快就过去了,我离开了"外婆"。每个节日我都给她写信,我想让她知道世界有人与她紧紧牵着。又过了几年,"外婆"过世了,村里的人告诉我,经常看见"外婆"拄着拐杖站在村口的大槐树下,等着邮差。无论是春夏还是秋冬,"外婆"在盼望中走完了她最后的路。

  去年我去裕庄,看见埋葬"外婆"的土地上开满了二月兰,"外婆"坟前的草绿生生的。我把一封信悄悄放在"外婆"身边,"外婆","外婆",您慢慢读吧,我明年还会来看您。

  "外婆"您不相信"上帝",但您更接近"上帝",因为在您困苦的一生里始终未放弃过爱。

  "外婆",我永远的"外婆",永远的二月兰。

芒街掠影

我坐在河畔一棵古老的大榕树下，对面就是越南。层层叠叠起伏的丘陵，密密层层看不到尽头。一片无尽的苍绿的世界默默不语，让人有些琢磨不透，给人一种迷茫而散淡的遐想。她像是经历了太多沧桑的女人，把所有的一切都包容在她恬静的无语中，特有一种让人心动的韵致。

当我从海关进入芒街时，那是一个无雨无风的清晨。刚刚步入商业区就被一群越南男孩儿缠住。他们拿出各种项链、手镯让我买，简直是一步一追，让人喘不过气来。在这异国他乡我甚至有些害怕，终于花二百元人民币买了两串奇怪的项链（在芒街人民币与越币是两用的），总算冲出了重围。越南男孩不苟言笑，有一种不达目的绝不罢休的执拗。

我很注意逛商店，这大概能比较直观地揣测该国的生活水平。

越南妇女大多做水果生意，摊上摆满了芒果、红毛丹、毛竹等新鲜水果。我花十元人民币买了一个椰子，摆水果摊的女人用斧子把椰子皮层层砍掉，又打开一个洞，鲜鲜的椰汁溢了出来。我吮吸着，满口大自然的清香。

商业区的店铺形形色色，最吸引我的是露天的剃头摊。我看到了小圆镜子、小剃头刀、老式洗脸架洗脸盆，好像回到了一个很久远的时代。在化妆品商店，最多的是"西贡香水"，二十元一瓶，包装也算讲究。尤其是西贡小姐的微笑，特有一种异域的风情。

玉器店里的店员大多会讲汉语，并颇有古风。当我表示要看一看玉镯时，店主小心地从玻璃橱窗里托了出来，并一再说这是纯正的缅甸玉，在光下会有一种特殊的光圈，其色泽温润柔和，并说明如果要一对，价钱可以优惠。生意成交，店主向我鞠了一躬。这里木器店十分多，而且大多是地道的红木。我买了一盒红木筷，筷子做工精致讲究，讨价还价以七十元成交。我告诉店主，这种纯自然的东西在北京一定大受欢迎，他不住地点头微笑。看到我矿泉水的瓶子空了，他送上一杯清香的午茶。

　　进入居民区，那里的宁静、整洁和幽雅，使我十分惊讶，干净的柏油马路上没有任何杂物和痰迹。在一棵古榕树下，有几个孩子正在嬉闹。街上的建筑物多具有欧洲乡村风格，一扇扇白色的百叶窗，装饰得十分典雅，带有花槽的阳台像盛满鲜花的花坛，仰头看去，嫣红姹紫，满目灿烂。老妪们在阳台上眯着眼睛享受阳光，主妇们倚着门闲闲地望着街景。从一扇扇敞开的门里，可以看到越南百姓都在安闲地过自己的日子，有的在进午餐，有的在纳凉，有的在谈天。有几只白色的狗趴在光滑的石阶上望着街上的行人，展现了一幅幅太平恬静的生活风俗画。我走进一家卖饮料的人家，只见一位五十多岁的女人正倚着门摇着芭蕉扇与邻人款款细谈，一袭淡绿的真丝套装随意地穿着，衬着她贤淑、纯良的气质。她看见我进来，礼貌地迎向前门，要喝点什么？当我说明我来自北京，现在又渴又累想喝一听可乐时，她热情地请我坐下，并打开电扇。显然，她刚刚吃过午饭，餐桌上摆着吃剩下的虾、芥蓝、鸡块和鱼汤。我一边喝着饮料一边和她闲聊起来。她的丈夫做生意，女儿在俄罗斯读大学，她照料这个小店。她向我打听中国的丝绸可好？假货多不多，中国的油漆生意可好做？

　　这时，从楼上传来了断断续续的笛声，"呷呷呜呜"，缓缓地流进了我的心里。那女人呆坐了好半天，慢慢地说：这是我的儿子吹的笛子，战争中他双目失明了……她说话时声音依然平静安详。笛声依然幽幽怨怨地飘着。

1997.10

二 姐

每当我听到过去的一首歌曲或翻开少年时代喜爱的一本书，总是唤起我对那时整个生活场景及心灵的回忆，有兴奋、有欢乐也有忧伤。《三毛流浪记》《安徒生童话》《古丽雅的道路》这些已发黄的书我至今还珍藏着。每当我翻阅、抚摸它们的时候，似乎感到了时空的流逝。于是回忆伴着童年的铃声、高高的白杨树、灰砖瓦房，像一幅幅水墨画展现了青春的生命时光。

在那青草般的日子里，我的二姐总是拉着我的手在青草地上嬉戏，笑声浸入了青草上的露珠。这是一段鲜活明媚的日子，虽然有几场雷雨，但更多的是阳光灿烂的晴日。二姐总是哄着我玩，吃我剩下的饭，帮助我复习我讨厌的算术题。我上树摘枣，她张开双手站在树下，眼睛一刻也不离开我。我还故意顽皮地唱："有一个胆小鬼，站在树下，等着吃不劳而获的果实……"二姐仰起发白的脸，乞求地说："我不吃你的枣，你快下来，别摔着。"二姐很早就戴上了红领巾并当上了少先队大队长，我真羡慕极了。假期，我经常偷偷戴上姐姐的红领巾，袖子上别上大队长的符号，走在街上别提多神气了。不久二姐考上了北京最棒的中学——师大女附中，并当上了班长。为了帮助我增加知识，她好久没吃早点，把省下的钱给我买了那三本书。

春节是我一年中最快乐的日子，初二那天二姐总会和我一起逛庙会。二姐虽然只比我大几岁，但她读的书特别多，所以懂的也特别多。我喜欢看庙会上的皮影戏，二姐总要在一边给我讲许多关于皮影的知识。她告诉我，皮影起源于京东滦州，虽不是北京"土产"，但在北京已有二三百年历史，前清各王府

二 姐

都有影戏箱。滦州影戏发明人是滦州安各庄的黄振中先生,黄先生是万历七年的秀才。那天,我们看的《施公案》戏中的黄天霸不戴罗帽,只戴草帽,一遇交战立刻甩草帽盘辫子,使人一看就知道是清朝戏。皮影戏的唱腔白口十分讲究好听,至今我对皮影戏的兴趣,得益于姐姐。看完皮影戏我便饿了,二姐给我买了一碗羊肉熟杂面。小贩挑着担子,前担为卖馄饨的高挑,以白茬木做成,不加油饰,后担为圆笼或筐。面锅是铜质的,锅上架一横板,放置煮过一沸的杂面和煮熟的大块羊肉,锅中也有肉面,随卖随续。还备置腌韭菜罐、醋罐。我一边吃着一边听着小贩吆喝着:"羊肉来——杂面哪!""酸酸的,辣辣的,羊肉的热面哪!"二姐站在我旁边等着我吃,她说她不饿。

那天二姐还用她攒下的压岁钱,给我买了一件印着黄色迎春花的衬衫。那时家里的经济挺紧,妈妈很少给我们添置衣服,所以这件花衣服对我特别宝贵,我只有在特别的日子才舍得穿。

有一天下着雨,二姐去过班日,我哭着喊着也要去。雨"哗哗"地下,二姐把她身上的那件花布衫给我披上。她说:"你好好读书,争取当个优等生,暑假带你去外婆家。"外婆是世界上最疼爱我的亲人,但她的命很苦,二十岁就寡居,拉扯着她唯一的孩子——我妈妈长大。但妈妈成家以后,外婆并不去女儿家一起生活,她执意说这里不是她的家,她一个人守着一个院落,住在僻静的青山绿水的地方。每到寒假暑假,外婆总要站在长着荒草的古长城下,从早到晚地等着我们回去。每当我想到外婆,心里总是漫着无尽的泪水。二姐搂着我,雨中的小路泛着清香。二姐讲了许多古长城的故事,讲着小时候和外婆一起生活的情景,讲外婆绣的花鞋,讲外婆门前的石头狮子,还有我爱玩的拨浪鼓……二姐说,她长大一定让外婆过上最好的生活。我说,我要开着飞机带着外婆周游全世界。说着,我和二姐都笑了,我们抱在一起,盼着快快长大。我想,有一个好姐姐陪着我玩多好呀!

二姐中学毕业获得了金质奖章,并被保送上了大学生物系,从此二姐便离开了家。可我总是特别想她,常常去学校看她。她每次见到我总是高兴极了,带我到校园里玩。有时二姐带我去隆福寺吃"豆蹒儿糕"。我喜欢听"豆蹒儿糕来，又黏又热啊！"的叫卖声，也喜欢看伙计用竹刀将糕切下，一条一条放入盘中，上浇黑糖汁，像一朵大花，我一口一口地像是在吃花瓣。二姐总是耐心地在一旁等着，待我吃完，她轻轻在我耳边问："香吗？"我说："香极了！"二姐便笑得很甜很香，那脸也像一朵鲜艳的花。

岁月带走了许多东西，转瞬间一切都变了。那些曾鼓励我和二姐前进的苏联书籍还在，二姐爱唱的苏联歌曲《山楂树》《纺织姑娘》经常在收音机里回荡，但"苏联"已永远成为昨天。我原以为我和二姐可以永远撑起一把伞走下去，可二姐大学毕业后分到了外地，从此二姐就渐渐远离了我。

有一年桃花盛开的时候，我和二姐一起去了碧云寺樱桃沟。这是北京一处幽静的所在。我们坐在木兰园的草地上，欣赏着满园的玉兰花。白玉兰还没凋谢，紫玉兰又展开了浅紫色的小蕾了。玉兰的花瓣洁白厚实，香气幽幽。春天的阳光暖暖的，令人舒服的风微微吹着，玉兰花丛后还残留着芦苇和枯萎的竹叶。小鸟飞到木兰园，停下来，拍着翅膀叽叽喳喳地叫着。云那么淡，纯白又透明，从这里看蔚蓝色的天空也显得更深沉和变幻莫测。游人们只在木兰花下草率地露出一个笑脸，便快门一按匆匆地走了，只有我和二姐相对兰花，深情款款不忍离去。二姐突然说，我们看着一朵花，看它一天怎样变化。当残阳如血的时候，一阵风从西山那边吹过来，好端端的一树花便碎玉满地了。我说，这花怎么这样快就败了！二姐说，世间没有不变的东西。我们望着烟雾茫茫的西山，二姐轻轻唱起了《送别》：

长亭外，古道边，
芳草碧连天。
晚风拂柳笛声残，
夕阳山外山。

二 姐

天之涯，地之角，
知交半零落。
一觚浊酒尽余欢，
今宵别梦寒。

后来，我们一起又登上了樱桃沟。在那里我们喝了用泉水沏成的茶，那茶水甘甜爽口。二姐指了指桌上的盖碗茶说，这个茶杯就是一个人，杯盖就是天，茶杯底就是地，合起来就是天地人。二姐掀起茶杯盖轻轻品了一口茶又说，这茶叶就是精，这水就是神，冒出的热气就是气，这又是精气神，中国的茶道是天人合一的。我听得入了迷。二姐又说，《红楼梦》里的妙玉在栊翠庵里饮的是"老君眉"，刘姥姥尝了妙玉一口茶，妙玉竟差一点要把那名贵的茶杯砸碎，经宝玉苦苦求情，她方应允把那杯子送给刘姥姥。当二姐讲到宝玉踏雪去栊翠庵向妙玉乞求红梅时，二姐的眼睛里竟荡着一种我不曾见过的神韵。她说，如果她一个人到孤岛上去生活，她只带一本书，那就是《红楼梦》。那天，二姐好像有什么心事。不久，她便去了美国，并在那里工作。现在她已在美国定居。自幼爱动的我，守着自己的家过着无忧无虑、平常又简单的生活。少年时许多憧憬和梦想已被岁月磨蚀，中年的我只求一份安稳的日子。

二姐总是很忙，她回来的很少，回来似乎也不是很想看望亲戚。有一次，她去看望远房的堂哥，堂哥说，在美国发财了吧！二姐说，发财谈不上，只是可以度日。堂哥又问，那又何必去美国？二姐没有说话，只叹了一口气。

当玉兰花开放的时节，我和二姐又相聚在玉兰花下，又品尝了樱桃沟的清泉茶。我问二姐，在美国可又读了《红楼梦》？她摇了摇头说，没有时间。这时，在我的眼前闪现了宝玉踏雪寻梅的画面，我的心湿漉漉的。二姐问，在想什么？我说，没想什么。

二姐对我说："在国内我学会的是依赖，依赖家庭，依赖学校，依赖单位。可到了美国，就像把一个人抛到一片白茫茫的大地上。尽管前面有许多诱感，当我认识到我从此面对孤独时，我就绝对坚强了。在美国生活必须学会自立与自救，可我觉得自己却在一点一点地变，变得不去多想什么，想的只是现实，只是生活。"

是什么东西使二姐和我一点一点地远了？是什么东西在改变着我们的生活？在我们身上有一种看不见的东西，它在掌握和改变着我们的命运，它是什么？它就是时间。谁又能超越它呢？

二姐来了又去了，去了又来了。玉兰花开了又谢了，谢了又开了。花依旧好，水依旧好，人憔悴了，但我对二姐的情永远不老。

啊！我青青的绿草地，你永远青春。

1997.1

口 琴

　　小玲和妈妈住在地下室,妈妈以看自行车为生。地下室阴暗潮湿,除了墙以外就是几根粗大的管子。小玲和妈妈从农村来到北京,这里就是她们的家。妈妈用一块木头一挡就是家的门,这是一间不足九平方米的家。靠墙放的是一个用木板架起的双人床,靠床有一个城里人六七十年代用的那种大衣柜,这是小玲妈妈从卖旧家具的市场花二十元钱买来的,里面放着母女俩全部的衣物。靠窗子是一个破旧的写字台,油漆已剥脱得花花斑斑。写字台上的笔筒是用可乐罐做的,可乐罐是小玲从街上拾来的,每天小玲都坐在这里做功课。

　　妈妈下班了,小玲正在写作业。她扬起头来迎上妈妈,接过妈妈手里的破书包。

　　"妈妈,学校又要交钱了。"小玲低下了头,小玲知道妈妈很辛劳,赚钱不容易。自从爸爸因车祸过世后,家就靠妈妈一个人撑着,要供小玲读书,还要养无依无靠的奶奶。在北京读书要交借读费,还有校服、书本费等许多费用。今天,小玲参加了音乐小组,老师夸奖小玲很有音乐天赋,老师要每个人都买一个口琴。妈妈懂得小玲的心,她拉着小玲的辫子说:"又要买什么,说吧。"

　　"口琴,我参加了音乐小组。"

　　"一个口琴要几十元吧?"

　　妈妈低下头,小玲也沉默了。妈妈长长叹了一口气,"买吧,只要有用就买吧,妈妈吃苦就是为了小玲有出息,不过一定要好好吹呀!让妈妈听一听咱家乡的歌。"小玲高兴得跳了起来,在妈妈的脸上用力亲了一口,妈妈笑得脸上像朵花。

　　以后一段时间，妈妈早早就起床，到早市上帮助别人卖菜。十天以后，一个阳光灿烂的星期天，妈妈兴冲冲地从外面回来，用手举着一个长方形的红盒子，"看，这是什么？""啊——口琴！"小玲高兴地把口琴搂在怀里，可一看妈妈的脸又黄又瘦，头发干黄干黄的，她一下子扑在妈妈的怀里哭了。妈妈也哭了，她理着小玲的头发说："小玲懂得妈妈的心，一定会好好学习。""一定。"小玲郑重地说。

　　从此小玲每天做完作业以后都吹口琴，一开始吹1、2、3、4、5、6、7，后来又学习吹音阶，422、3412、66661……从此，从幽暗的小屋里，总是飘出好听快乐的口琴声。

　　当冬天依依远去，夏天踏着热烈的舞步走来的时候，小玲已会吹许多歌了："小河的水哟，清又清，家乡的路呀长又长，太阳照在打谷场上……"妈妈正在补衣服，她突然把衣服放下，望着窗外那棵槐树，绵绵密密的一树葱绿，她说："咱家的庄稼长得好吧。村子里的人日子过得不差吧，八月十五又快到了……"小玲听着妈妈说话，把口琴声吹得很低很低，像是背景音乐。妈妈又说："好好念书吧，好好吹口琴。等你小学毕业了，咱们回家看看，吹支好听的歌给乡亲们听听。"说着，妈妈的脸像绽开的花。

　　一会儿，随着口琴声，妈妈也唱起了歌："小河的水哟，清又清，家乡的路呀弯又弯，红红的日头照在打谷场上……"

　　窗外银盘似的月亮，又圆又亮，柔柔地泄进了看车人的小屋。

1998.3

九寨沟风情

黄昏，从原始森林走出来，浑身上上下下注满了树木和青苔拂不去的清香，整个人身上的每一个细胞，都好像被仙风绿水浸泡洗涤了一番，心情像空气一样澄清。

我们投宿在"树正旅店"，这是一家藏族人建的二层小楼，全部用的是松木，没有装饰，没有多余的东西，也没有涂油漆，拙朴自然，仿佛是大自然的一部分。

饭店里的房间，就像童话中的小屋。房子里敞开着一个不大的窗户，映入眼帘的是淡淡的天空，如烟的云缓缓地在窗前浮动。远处是层林尽染一望无际的大山，蓊郁缤纷，剔透神奇。从遥远的蓝天边，绵绵延延挥洒着各种色彩，荡漾着无尽的神秘。

一位身着藏族服装的姑娘，提着两个暖水瓶微笑着站在门口。她长得很生动，深凹的眼睛里像是漾着一汪泉水，鼻子有些微微上翘，显得调皮活泼，两腮红红的像是刚刚采摘的苹果。

她用有些口音的汉语问："你们是从北京来的？"

"是的，你去过北京吗？"

"眼下去不了，我家盖了两个旅店，大概要明年才能把债还清。这两个月的卫生都由我管，反正我是一定要去北京看看的。"

晚上，她邀请我去观看寨子里的篝火，许多藏族青年男女和各地的游客像一家人一样，围坐在一起，他们在烤羊肉、聊天、唱歌、跳舞……

今天晚上，她打扮得格外漂亮，头上系着一块鲜红鲜红的头巾。她挽着我的胳膊说，九寨沟太好了，有了它，每天都有许多外面的人来我们这里，生活和过去不一样了！她说，她害怕冬天，冬天这里太冷了，客人们都不来了，日子也变得平淡了许多。

她问我，听说你是位作家，作家是写字的，也会写歌吧，我给你唱一首藏族的流行歌曲——《雪田》，这是根据藏族民歌自己编的，寨子里的青年人喜欢唱，你能把它带到北京去吗？

"能，一定能。"我打开了录音机。

那歌声一冲出来，就把我的心撞击了，明快欢乐的节奏伴着深深的高原情韵，我好像在高高的雪山上跃马奔驰。

寨子里的藏族青年，围着篝火边唱边舞，游客们随着节奏不住地击掌欢唱。

羊肉在火中嘶嘶地响着。

我在想，藏族是一个多么洒脱、轻松和快活的民族，在他们身上看不到一点沉重和矫情的影子。

我惊异藏族青年能把这支歌曲唱得那样洒脱、那样自然，仿佛当生命从他们的指间悄悄滑落的时候，他们依然是那样怡然和宁静，没有任何伤感与惆怅。

第二天清晨，我离开"树正旅店"。

楼下传来房东一家断断续续的诵经声，庭院里白色的煨桑，正冒着一缕缕的青烟，它和天上的云融在了一起。

油亮亮的黄狗坐在台阶上，睁着一双机警的眼睛。

我慢慢走下台阶，回头望着这幢松木小楼，它依然在宁静中。

"等一等！等一等！"她急促地跑下楼梯，把一个象骨手镯戴在我的手上，"送给你，送给你，你戴着它到北京照张相给我寄来！"

我握紧了她的手。

她跑向煨桑，往里面加了一把松叶，烟更浓了，冉冉地升上了天空。她望着天，好像在祈祷什么。

1995

卖唱女

一个9岁的乡村小丫头,穿着家做的土布凉鞋,梳着两条小辫子,奶声奶气地在大排档里唱歌,声音神情稚气可人。她说,10元钱唱3首,客人还价,1元钱唱1首。她说,1元钱唱1首是乞丐,她不唱。我问她,唱歌为什么?她说,为赚钱交学费。我问她长大想干什么?她说,要当护士。她喜欢穿白色的衣服,干净,那时就可以不卖唱了。

她唱了3首歌,其中一首是《拾麦穗的小姑娘》,我最喜欢,我给了她100元,她笑了,说声谢谢,并表示她下学期可以上学了。看到这个9岁的卖唱的小丫头,令人想起自己的亲人、邻家的小妹、迷路的小朋友,还有对逝去的童年的回忆。

她走了,她回到了自己的小村庄。

一个20岁的姑娘(来自农村)身着露脐装,摇着叮叮当当的首饰,染着鲜红的嘴唇,像是都市欲望的旗帜,也在大排档里卖唱。她嗲声嗲气地说,先生点首歌吧,8元钱1首,2首15元钱,多点8折优惠……她目光中流露出急切与疲劳。

一个男人悄悄在她耳边说了什么,她一笑便摇了摇头。另一个男人要她先喝杯酒再唱,她一仰脖饮下把杯底朝下示意着,那男子拿出一张100元的钞票在她眼前晃了晃……她唱了《明明白白我的心》《爱你一万年》,低沉的声音灌满了风情。

一个上了年纪的男人捏着她的胳膊说,你的条件不错,有人包装,有人当

卖唱女

后台，包你一夜走红……那姑娘的眼睛亮了一下，款摆着纤细的腰，低声和那个老男人说了什么，便消失了……

不同的年龄，不同的人，唱着同一首歌，做着同样的事，却有着不同的风景，不同的内容，给人不同的感受。9岁的卖唱女像是乡间田野中的一株小苗，在春光里泛着青绿，她唤起你内心对纯净、美与善的向往，你不忍伤害她哪怕是一点点，她只有9岁。

20岁的卖唱女，像是都市夜晚的彩灯，勾起人对夜生活的欲望。她应该是属于夜晚的，只有这种简单的联想。

2001

校服像青春旗帜远远飘忽

一生中会有许多遗憾，我最大的遗憾就是没有穿过校服。尽管少年时代的生活是金黄色的，没有雷雨，没有风暴，更多的是阳光灿烂的晴日，但因为生命中没有校服的证明，内心总会渗透出一种莫名的寂寞。看到眼前穿校服的学生，马上唤起我想到人生中最好的时候。校服是眼前的一片阳光。

我的少年时代是一个物质匮乏的时代，我经常穿着过滤嘴的裤子（裤子短了又接了一截），最好的早餐就是馒头上抹了一层薄薄的芝麻酱，那是考试成绩好，妈妈给的一次性奖励。没听过何谓麦当劳，何谓肯德基，更不懂何谓名牌，但这丝毫不影响我少年时代的快乐与幸福。

我没有校服，那时许多的学校都没有校服，但是我的姐姐就读的北京师大女附中却是一个例外，那里有一套夏天的校服：姐姐穿着连身无袖的黑布裙子，里面束着白布衬衣，衬着两条粗黑的辫子，脚下是一双布底黑面偏带鞋。姐姐穿上校服，就好像是春天的小白桦树。她每天晚上小心翼翼地把衣服洗干净，第二天再穿上，我可羡慕极了。有时我偷偷地把姐姐的校服穿上，又顺手把姐姐的大队长符号也别在袖子上，对着镜子笑出了声。

在以后的日子里，我在盼望和等待校服的焦虑与兴奋中度过了学生时代，这是一个忧伤而美丽的回忆。

穿校服的姐姐，十几年前已定居在美国，执教于哈佛大学。分别时，我执意要她把校服留下作纪念。

我喜欢逛街，欣赏商店橱窗里的风景，这总会让我感到切实鲜活的生活质感。时间到底是有腐蚀力的，姐姐的校服已发黄褪色。每当我翻读它时，总会有一种旧梦重温之感，仿佛逝去的时光又回来了，又好像长长的一生，只为了这个短促的花季，让人心疼，令人措手不及。

看到姐姐的校服，令我想起当团支部书记的姐姐经常带着我去她的同学家"谈思想"。姐姐说："当把自己融进一个大的事业里，为共产主义而奋斗，浑身就充满力量……"我分明看到了姐姐的眼睛里闪着晶莹的泪花，我不懂为什么，但却被她的真诚和炽热而感动。

摸着姐姐的校服，令我想起姐姐教我读过的书：《红肩章》《真正的人》《把一切献给党》；想起姐姐教我唱的歌：《共青团员之歌》《喀秋莎》《听妈妈讲那过去的事情》。我终于戴上了红领巾，姐姐拉着我的手说："红领巾是红旗的一角，是烈士的鲜血染成的……"

姐姐青春焕发的脸颊泛着诗意的红晕，美丽、青春，绽放着芳香，现在我才意识到，那是一种难以觉察的稍纵即逝的昙花一现的美丽。穿校服的姐姐十分信仰共产主义，相信人间的一切痛苦不平只有在共产主义社会才能解决。

现在一切都已成往事，生活布满了琐碎与真实，是庸常而平淡的。我已不再用眼睛去审视生活，而是用心去体察。毕竟时间改变了一切。曾穿校服的姐姐，已经开始了另外一种生活，另一种生活是穿校服的姐姐未曾想过的。

我收藏时间，收藏记忆，记忆中会有时光倒流的感觉。姐姐的校服，像那种剥落油彩的油画，却依然流露出青春的华丽与固执。

女人一生要换许多衣服，就像蝉蜕一样。当脱掉了校服，又换上了新的蝉翼，这对女人来说就发生了质的变化——从女生变成女性。短暂得令我战栗，怎么，我生命中最美好的时光，似乎还没有出现就已不属于我了？

人已到了中年我依然怀念着校服，怀念穿校服的姐姐。校服像一面青春的旗帜，在心里远远地飘忽着。

2002

五十岁的朱小姐

对于50多岁的女人，我依然称她为"小姐"，是因为她有小姐的情结，也曾有过真正小姐的生活，当然现在她老了，但并未颓唐。也许人们会以为她很漂亮，她的长相就像她的人生充满了遗憾与不完美，她有着姣好的面容、不高的身材和短粗的脖子，即使在少女展香的时代也缺乏一种挺拔的气质与青春的活力。

现在她是某破产企业的退休职工，曾任企业的中层干部。虽然这在今天看来不算什么，但这对于她在那个时代是足够令她喘一口气的。虽然爱人也是退休工人，但她有值得骄傲的女儿。人生真是平衡的，人生可能也有轮回，女儿是她人生最大的成功，一股不断升值的股票，但她从未企望过从女儿那里享受金钱与物质，她只要看着女儿的成功，享受女儿给她带来的荣耀与骄傲。至于女儿待她好与不好，孝与不孝，她是不在乎的，这折射了她内心的坚决、彻底与扬眉吐气的愿望。

朱小姐是一位五六十年代从小红门里走出的小女孩，那个时代一家一户的小红门意味着是阔家主的宅地。她每天坐着包车去私立幼儿园、私立小学，经常会从院子里传来时断时续的钢琴声。漂亮的钢琴教师时常出入这个小红门。她长着圆圆的鸭蛋脸，也曾有过灿烂的笑容，冬天穿着羊绒小大衣，春秋穿着各色的毛衣外套，夏季穿着白纱的绣花裙子。小红门里是一栋西班牙式的公寓房，楼上有两扇哥特式尖尖的小窗并排排着。那里常常遮着白色的抽纱窗帘，在绿荫与阳光下散发着恬静而雅致的气息。这就是她的童年，一个春天的童话。

然而明媚的春天很快遇到了大雷雨，顿时乌云密布。她的父亲原是某银行的高级官员，并没有什么学养，但能操一口流利的英语，风流干练，由于一桩贪污案又与客户中一位著名的寡妇有染。后来那寡妇反咬一口"强奸"，他被判刑20年。当时的她只有12岁。

从此她们孤儿寡母忍气吞声地挨着痛苦，她们失去了声音，也失去了笑容，沿着墙根悄悄地走着。母亲是一位不一定知书但颇为达理的女人，虽然谈不上十分漂亮，骨子里却是个自尊要强的女人。她是一个捂着伤口不让人看的母亲，没有丝毫的暴发户妻子的张狂，失意时也绝不下贱。她嘴边的浅笑表达了她的世故与聪明。她会做一手好菜——地道的江南菜，她会自制各式西点。丈夫出事后，她便在一家街道厂做绣花女工，辛勤而任劳任怨。朱小姐的朋友同学来做客，她从不怠慢总要做上一桌好菜，在她热情的款待里我读到了某种忍耐。在她的脸上偶尔会泛起青草一样的无辜。

朱小姐有着不错的潜质，聪慧而乖巧，表面上有一股沁人的温柔。她会读书，但又缺乏某种天分与专注。朱小姐的外表是都市的，女人的，世故的，看不到野心，却可以感到不甘与怨气。在她眼睛灵活的转动中有一种风尘的世俗和小家碧玉的安分。应该说朱小姐的外表是温厚的，她会帮助任何一个需要她帮助的人，表面上是热情的，但内心是阴冷的。她会热诚地望着你的眼睛，但内心却充满了讥讽。她会为你每一次成功去祝福，内心却充满了嫉妒和诅咒，她会在轻描淡写中轻贱与嘲笑别人。有一个同学在她家喝了一壶茶，她便用《红楼梦》的话说，一杯是品，二杯是喝，三杯为饮驴，然后她又为这位同学做了一桌饭，嘴上不住地说，委屈你了，没什么好吃的，弄得那同学心里七上八下的。我始终无法搞清她的这些品质是由于境况扭曲的，还是人性中的东西？总之她不是一个让人感到轻松的女人，有一种幽暗的复杂的气味。

她从小就有许多男孩子追求，这不仅因为她脸蛋长得不错，还因为她有水一样的温柔。她会撒娇，会支使男人，男人也乐意让她支使，这是她的特长、她的快乐，是学不来的本事。

然而朱小姐有她自己的逻辑，她不像一般的女人那样宁可委屈自己的心也要攀高枝。她的心是不愿被奴役的，但她愿奴役别人。她只能低就，低就的实惠在于——别人仰视她，关注她，她可以保持内心的优越。朱小姐的格言是：宁可自己看不起别人，绝不愿别人看不起自己。在那讲究阶级出身的时代，一个干部知识分子的后代是不可能与一个服刑犯的子女联姻的。人们常说婚姻是女人的第二次投胎。朱小姐投胎了一个根红苗正的工人，工人丈夫是一位和善健康能干的男人，不仅会做家务也会带孩子，是保镖、保姆、杂工与丈夫，把一个朱小姐从里到外照顾得周周到到。朱小姐常常想，与那些辛辛苦苦终其一生照顾丈夫、公婆、孩子的女人比起来又有什么不好？至少她没有受罪，结婚是一种生存，生存有各种各样的选择。至于被女孩子供奉的爱情，那只是一个梦，一个永远无法企及的梦，稍一伸手就会粉碎。

柔情似水的朱小姐关键时刻又会变成一个铁娘子。曾有一位男朋友与她苦苦恋了几年，并鞍前马后地照应她保护她，但当她知道男朋友患了结核病，便毅然地断了这种关系，没有反顾，没有犹豫、干净彻底。她的生活不能再往下沉了，现在已到了底线，她对生活的要求并不多，只要安稳舒服就凑合了，绝不能再往下沉了。

以后的日子朱小姐一路顺风。由于她善解人意，也会在含而不露中周旋，又是在一群厚道单纯的工人堆里混，很快就打开了局面。不久她便入了党当上了单位宣传干事，中共党员加宣传干事彻底改变了她的身份。朱小姐用智慧与勤劳为自己写上了重重的一笔。那时的朱小姐是年轻的，有资本，有着娇小的样子，如同半透明的玉一般的脸，眼风里有含而不露的风情。她的动作是灵动的，不失时机地为了争取自己的地位与清白，在没有硝烟的战斗中厮杀。其实她对政治是厌恶的，她知道政治是表面肮脏的泡沫，但由于她的出身，她狱中的父亲，她要证明自己的清白与无辜。

接着她的女儿诞生了，起名叫媛媛，这是她生命的花朵，女儿是她青春的翻版，可喜的是女儿抹平了她的全部缺陷。媛媛有一种淳朴的灵动与童稚，媛媛的成长是幸福和顺利的，小女孩的心灵布满的全部是阳光，没有丝毫的阴影。从媛媛一落地，朱小姐望着女儿流着泪说："妈妈要让你真正地活着，妈妈这一辈子只是生存！"

媛媛考上了清华，毕业于美国哈佛。28岁的女儿就在牛津大学任教，媛媛是真正的读书人，踏实而勤勉，单纯而平和。作为女人，朱小姐未体会过做女儿的欢乐，做妻子的幸福，但她享受了做母亲的欢乐。女儿是她生命的旗帜，青春的梦想，生命的饥渴，价值的品牌，宗教与信仰，这笔巨大的财富足够支撑她余下的光阴。在这里要说明的是媛媛从读本科——硕士——博士的费用全部是奖学金。有几个母亲可以有这样的低成本高收益的荣幸？这不能不说是朱小姐修的正果。

快60岁的朱小姐也不再想过去，也不体味现在，未来的自己已变得十分缥缈，只有在英国的女儿才是真正的自己。女儿像一面精致的旗帜在那里飘扬，她想着，望着，幸福并快乐着。

2001

最后的皇族

她叫岱子，与她的相识是在60年代的末期，她是清朝某亲王的后代，我认识她的时候，可能是她一生中最衰败的时期。她住在北京车站附近胡同一个破旧的院子里。当时她的年龄只有20几岁，在家闲着，不做什么，丈夫干一些杂活，平时不大回家。有一个3岁的女儿，她爱唱歌，时不时从她的小屋里飘来几嗓子外国民歌200首里的歌曲《照镜子》《深深的海洋》《乘着歌声的翅膀》……在那只唱毛泽东语录歌曲的时代，听到这些歌让人有些异样的兴奋。由于我对她很好奇，便与她认识并渐渐熟悉了。

她的生活与一般的家庭妇女一样又不一样。她每日干着家务，也做衣服，也蒸馒头，也剁肉馅，也买煤球，但显然缺乏一种过日子的兴头。她有些泄气，丈夫赚的钱显然很难指望。有时，过日子的钱没有了，她便喝稀饭吃咸菜，炉子里微微温着火上面烤着白薯。不过，过不了多久她的父亲便会定期从日本寄来钱和一些衣物。收到钱的那天，她便会带上孩子邀请几个朋友去新侨或莫斯科餐厅去吃西餐。她不喜欢吃猪肉，喜欢吃牛肉炖土豆加西红柿。她有着中等的个子，薄薄的身子穿上从日本寄来的衣服显得很出众。她不张扬，即使不经意的谈吐中也是默默地，这正如她的性格。她是一个性情中人，也从未有过害人之心。也许由于她特殊的家世与经历，再加上处于那样的时代，她谈话很谨慎，从不深谈，谈及家事稍谈即止，收拢得很灵活。

她生活的院子是一个肮脏的杂院，住的是典型的北京市民，还有几户"红五类"，他们盯着她的目光中充满了侮辱与歧视。岱子经常一边在院子里和着煤灰一边听着从玻璃窗里传来的不三不四的脏话，一边从容地把煤灰和着水做得像绣花一样细致。在她淡然的神情中有一种坚持的美，这一镜头永远在我的记忆中定格。

岱子是个师范学校的毕业生，曾在中学教过音乐，对艺术的感觉不错。她极有灵性，无论是摄影、绘画、烹饪、裁剪，稍一染指便会做得很好。但她无论做什么都不深入也不专注，对生活就这样淡淡地应付着。她是一个对生命没有野心也没有理想的女人，令她喜欢的事是下雪的日子和开花的季节，那时她会郊游。

她的家族早在新中国成立前就没落了，1949年她不过是四五岁的孩子。她像孤儿一样地长大，似乎也没过过锦衣玉食的生活，但她却极喜欢吃外国巧克力，并且自己会烤蛋糕。拿起刀叉来娴熟而优雅，她喜欢萨克斯苍老、憔悴的声音，那声音就像吸干了岁月忧伤的眼泪。

岱子的日常生活像那个时代的家庭妇女一样，经常坐在小板凳上，手拿红宝书围坐在胡同的某个角落口中念念有词。如果赶上最高指示发布的夜晚，他们像麻木而疯狂的教徒在街上游行欢呼。尽管她的命运受到了政治的左右，但她却从不从政治的角度去看待生活，她喜欢用气数、轮回来解释人的命运。

我经常去她的小屋里听音乐，床角放着中国蓝花的瓷瓶。我们压轻声音听着七十二转的老唱片，享受远离现实的对精致生活的向往。在这破败倾斜的小屋里营造了一种情调，这样的反差让人感到无奈与不甘。

70年代中国与日本建交了，给岱子的生活带来了变化。由于她母亲是日本人，她终于于70年代末期作为日本的难民回到了日本。她谈到了日本使馆工作人员的亲切与文明，临走前她并不像所想象的那样兴奋，而是有些沉默。她说，她不会日语又没有一技之长，到了日本该怎样生存呢？

那些日子我们一起买了一些中国古典诗词，并到东单新开路一位姓刘的师傅那里做了几件中式服装。

岱子又去监狱探望了她的丈夫，当时她的丈夫由于交通事故被关押了。她的女儿把一张12英寸的黑白照片给了父亲，她的丈夫说："你们娘俩到日本好好过吧。"她去日本不久，丈夫便由于心脏病发作去世了。

岱子去日本已经20多年了，依然做着家庭主妇，嫁了一个诚实的日本人，过着不愁吃穿的舒适安稳的生活。一个女人的人生还要求什么呢？她养了一只猫还有一条狗。她的家族在日本是有影响的，但岱子却始终缄默不语。她好像一直未融入日本社会，对中国的生活也没有多少怀念。

今年的岱子大约已有50多岁了，她寄来了一帧照片，依然年轻美丽。她站在薄薄的发黄的草地上，斜斜的太阳薄薄地照着她，让人感到一种宁静舒适的伤感，那是一种与生命紧紧相随的东西。

2001

柳小妹

柳小妹有一个令人怜惜的名字，却没有让人怜惜的性情与美貌，更不幸的是她于公元1999年的清明节已逝去了。

清明节是她的生日也是她的忌日，柳小妹在这个风尘的世上活了55个年头。1999年的清明节很怪，半个天空下雨，半个天空露出了太阳，院子里的玉兰花正开着。

记得柳小妹死前与小保姆还生了一肚子气，气着气着半闭着眼睛就这样去了。原因是小保姆吃了3条油炸小黄花鱼和两张葱花鸡蛋饼，屋子里很暗并弥漫着一股葱花儿味。

听老人说在清明节死去的人是有福的，他们去的地方很热闹，有人陪着玩陪着乐，绝不寂寞。但清明节出生的人却有些不吉利，我不知道柳小妹算是有福还是无福。在我的记忆里柳小妹一生喜欢三件事：一是谈恋爱，二是看书，三是收拾房间。柳小妹的恋爱好像是一种事业。无论是婚前还是婚后，无论是婚内还是婚外，她都爱得很辛劳，有时交叉着去爱。她19岁时爱上了一个流浪的哈萨克人。柳小妹为了接济流浪汉的生活把家里的皮大衣、首饰偷出来卖掉了，然后把钱送到火车站。只因那个男人有漂亮的鬈发和会唱浪漫的哈萨克情歌。每一次恋爱柳小妹都爱得真心实意，死去活来，没有一点功利色彩，直到爱得男人直想挣脱。尽管她的爱情缺乏忠诚但绝不缺乏真诚，缺乏持久但绝不缺少激情。她的爱情是热闹的但也是单纯的。这其中只有爱与欲望，不含别的杂质。

柳小妹的一生读了不少书，但好像没有真正读过一本。她从未把人生当成一本书来读，也从未把书与人生联系起来。她写了不少笔记，文字也还漂亮，但却看不到思想的影子。她爱漂亮的房间正如爱漂亮的衣裳，所以她永远不停地打扮自己与不停地收拾房间，只是她愈是把家打理得井井有条心胸就愈来愈狭小。由于她缺乏姣美的容貌和挺拔的身材，所以她打扮起来总是费力不讨好，其实以她的条件不如包装得朴素老实更能讨巧。

我曾写过一副对联：早退晚退都得退，早死晚死都得死，横批：谁都甭美。其实人生寿命的长短是小事，关键是在于生命的过程有多少快乐，有多少运气，受了多少罪，倒了多少霉。其实人生的幸福很简单，就是这个简单的加减法。仔细盘算一下谜底就一目了然。柳小妹的一生在关键的几步还算是幸运的，柳小妹曾有过紫檀飘香的童年，父亲是位著名的建筑师，母亲是英文翻译，新中国成立前父亲就买了抄手回廊的四合院。院子里种满花草，还有一个做得一手好菜的刘妈，侍候着他们一家。在她家的客厅赫然立着紫檀木和黄花梨的家具，泛着微光的千年紫檀不经意地散发着贵族的气息。令人不解的是在这紫檀飘香的生活样式里，并未使她的气质品格受到丝毫的熏染。她可以把简单的事情搞得复杂，把快乐的生活搞得乌云密布，她会为一个电话来得不是时候而破口大骂，她会邀请朋友参加她的生日聚会，然后用变质的食物去招待她的朋友（并非刻意）。她最不爱做的事：花钱。无论是为自己还是为别人，她请别人吃饭点的是土豆丝炒白菜片，别人请她吃饭点的是油焖大虾和鱼翅鲍鱼……在柳小妹的身上我第一次怀疑人是否有前世，也开始怀疑人是否由神塑造的，不再简单地迷信家境与环境的影响。

她一生最走运的事即是未受过大学教育，也未曾努力过。但乱世却成全了她，她轻而易举地上了外省的三流大学的研究生班，毕业后又轻而易举地从不长绿叶的荒凉的沙滩回到了北京，进了一家不错的文化单位，走向了她人生的巅峰。

也许由于她的天赋不够，也许她的运气走到了头，或许她不会创造射门的机会，只是在后场瞎忙活着，乱跑着，就这样光着两只脚退休了。上帝也失望了。

她退休后最大的目标就是写作，向作家冲刺，她似乎也写过几篇豆腐块的文章，未出过书，文坛上没有人知道她，更没有自己的读者，但她总爱说自己在创作。这有点犯傻。

　　结婚是她人生的一个目标，她喜欢英国皇太子，但她的爱人却是一个精明的北京小市民。她是一个喜欢做梦的女人，她总是喜欢在人多的地方把丈夫挂在嘴边。如果她丈夫骑着自行车来接她，她会说丈夫开的是卡迪拉克。她的丈夫无所谓成功与不成功，也无所谓爱她与不爱她，总之晚年的生活与她是疏淡的。她是一个坦率的女人，唯一不坦率的地方就是喜欢炫耀她丈夫多么成功多么爱她。一个50多岁的老女人，在爱与虚荣的饥渴中孤独地忙着，嘴上却编织着爱的童话。她的心里一定很苦，很荒凉。

　　当她55岁的时候，上帝盘算着给她的东西太多了，透支了。有一天一颗可怕的种子在她身体里生长，并疯狂地扩展了，上帝不再宠爱她了，于是上帝收走了一切。她患了不治之症，本来她可以快一点走，少受些罪，是金钱的力量（单位有钱）又让她痛苦地挣扎了两年。我常常想，如果病是一样的，那么有钱的人多受些罪，没钱的人少受些罪，这是唯一的区别。结果是一样的。

　　她走的时候很痛苦也很凄凉，没有亲人在她身边，她是在夜里走的。尽管她的一生最吝惜金钱，但她死后却留下了100万元存款。这时我想起在她最后的日子里，3条小黄花鱼和两张烙饼的镜头，牢牢地定格在我的记忆里。

　　她走了，什么也没看清，什么也没明白，什么钱都舍不得花，就这样永远地走了。

2002

哭泣的山羊

春节前，我在北京德外大街一家饭馆门前，看见两只白山羊被绳子拴了起来。山羊身上的白毛黑乎乎的粘成一团一团的，两只山羊吃着身边的蜂窝煤和草绳。

我急忙从自行车上跳了下来，找到了饭馆的店主。我说，山羊肯定是饿坏了，你应该给它一点儿吃的和水。店主白了我一眼，什么是应该，羊是我花钱买的这就是应该，你要是心疼你买回家，拉你们家炕头上，给它吃满汉全席都没人管，实话告诉你，明天大年三十羊就该宰了，还给它吃什么吃！

"难道连一点吃的一点水也舍不得吗？它也是一条命呀！"我有些气愤。

"羊吃的是草，喝的是河水，我有山吗有河吗？"店主理直气壮地辩白着。

山羊低沉地叫着，那声音是沙哑和撕裂的。它们好像在哭泣，听了很让人心酸。我想，既然山羊连煤和草绳都吃，粮食肯定也吃。于是我跑到附近的一家饭馆买了一斤烙饼，我一块一块把烙饼撕开摊在地上，不承想羊三下两下就吃光了。我又赶忙买了一斤芝麻酱烙饼，它们也吃光了，嘴上泛着白沫，羊一定是渴了，我买了两瓶矿泉水喂它们喝了。喝完水的山羊不再叫了，变得很安静，互相依偎着卧下了。冬天的太阳融进了积雪，风是寒冷的，地也是寒冷的，它们互相依偎取暖。

突然有一种景况令我惊呆了并震撼了我的心！当我推起自行车准备离开时，两只山羊猛地跳了起来，拼命地挣脱着绳子，冲着我叫，声音沙哑发抖好像在表达着什么。我望着山羊疲倦无助的眼睛,像是两个受难的孩子,我心里很不是滋味。

"这两只羊要跟着你走呢!"店主的声音显然比刚才和气多了。山羊这样有灵性真让我感动不已。

我问店主:"它们明天还会在吗?你杀它们的时候它们知道吗?它们会哭吗?"

"实话告诉你,它们什么都知道。宰它们的时候它们叫得别提多瘆人了,它们还流泪呢!"

我打了一个寒噤,脚像钉住了,一步也迈不开。

第二天我又去了,山羊已不在了。店主不住嘴地吆喝着:"尝鲜了,尝鲜了,刚宰的。"

从那以后对于杀生我心里无法容忍,从心理上生理上本能地拒绝食肉,现在我基本上是个素食主义者。

2002

输液：滴滴是血，点点是泪

不久前，我由于患了急性扁桃腺炎去北京某二级医院诊治。由于我本身是医生又是个长期病号，所以懂得首选青霉素，因为青霉素抗菌作用快捷、有效、准确、经济。由于青霉素的物美价廉，所以我称青霉素是穷人的救星。

窗外正是杨柳作花的季节，在絮雪地飞舞中，我的心绪有些烦乱。为了排遣，为了忘记这愁苦的空间，我闭上了眼睛，努力去捕捉槐花的清香，想起儿时怎样在槐树林摘槐花，把花放入篮中。待篮中的花装满时，我把头埋进槐花里，闻那凉凉的香气。黄昏，在缕缕的炊烟中外婆为我做好清香的槐花饭。

突然，一个声音猛地把我从槐花树上推了下来，那声音对我的心灵有一种冲撞力。

"不要拔，不要拔，小壶里还有几滴，一滴是九毛七，我得跪在地上给人家擦几个小时的地板呀！"那声音自然苍凉，没有丝毫的调侃。我定睛一看，只见一位中年妇女正对着护士说话，她头发往后系了一个髻，很利索。显然她曾经美丽过的眼睛现在是干干的，好像不会流泪。她的眼神里有一种满不在乎的坚韧和看破红尘的了然与无奈，那微微向上翘起的下巴分明在说：别人不在乎我，我又在乎谁？她吸引了我，如果仅仅用同情与怜悯去理解她远远不够，因为她的气息比较复杂含混，我一时分辨不清。

我深深被震动，心被感染了。从她的眼神里，我知道她接纳了我的眼神，她是一个外向的、敏感的女人。

我问她："患的什么病？"

输液：滴滴是血，点点是泪

她说："肺炎。"

"输的什么液？"

"利复星。"

"输几天？"

"今天是第6天。"

"6天多少钱？"

"1000多块。"

她问我："你输的什么药？"

"青霉素。"

"输几天？"

"输3天。"

"多少钱？"

"52块。"

"大夫为什么不给我输青霉素？"

"你青霉素过敏吗？"

"不过敏，大夫一上来就开了利复星。"

我问她："你的药费能报销吗？"

"上哪儿报销？工厂倒闭了，夫妻双双把家还。"输液室里一下子沉寂下来，仿佛只有一滴一滴的液体在悠悠地切割着时间，在一滴一滴地注入人的血液里。

"你现在靠什么生活？"我问。

"日子可难了，儿子读中学正是花钱的时候，光校服就买了3套。老婆婆瘫痪在床，家里处处用钱。我打钟点工一个小时5块钱，我每天干10个小时，我一个月一天都不休息，刚刚够这瓶'利复星'。我40多岁的人了，20层楼的玻璃，我得一块一块擦得透亮，登在20层的窗台上，两条腿直打战，眼睛不敢往下看，真怕哪一天摔下去。一想到家里的儿子、亲人，我就死死抓住窗框，心里默念着小心！小心！小心！跪在地上擦木地板，撅着屁股，100多平方米的房子，一跪就是几个小时，直到打完蜡地板上见了亮儿主人才有了笑模样。换主人一笑也是难呀！满池子的被单、牛仔服、内衣内裤，甚至带血的月经裤衩，要我用手一下一下搓干净，主人嫌洗衣机洗不干净。油烟机的油腻呛得我嗓子直冒烟，夜里直咳嗽不能睡……钟点工最大的特点是不能偷懒，人家是按小时计费的，我不能亏人家，咱凭良心干活。人家有钱那是人家的，各人有各人的命。我心里特平衡。看，我的手指头都弯了，经常裂口儿还流血。其实我也心疼自己，可心疼归心疼干归干。我的那口子也是四处奔钱，四环以外有便宜菜，他三更半夜去拉到二环来，一斤油菜赚一角那也干。我们从不因为钱少而不干，我们就得趁着有力气时多干点多赚点钱。"

"那你是不是一想到以后就发愁，压力很大？"我问。

"不，绝不，我从不多想，多想没用，活一天高高兴兴一天；我们从不当着孩子发愁，别的孩子有什么他有什么，不让他有压力不让他自卑，我儿子是三好生。"

"当然，也有遇到难处抓瞎的时候，家里有一间半房。为了不影响孩子的情绪，我就拽着我那口子去柳荫公园的山上痛痛快快哭一场。哭完了，心也不发堵了，但决不在孩子面前流泪。"

"你原来也爱哭呀？"我说。

"这几年我已不哭了，我哭给谁呀？哭给丈夫不是逼他上吊吗，他的难处又哭给谁？两个苦命的人与其一起哭不如一起干。"

不觉中小壶里已滴尽了最后一滴利复星。她望着空荡荡的小壶，又用一个手指弹了弹输液管，笑着说："一滴也没糟蹋，全流进血里了。"她笑得很单纯，也很凄凉。她的愿望本来很简单，但很昂贵。

我告诉她，医疗保险实行就好了，看病就不会这么贵了。那时，医药分家，医院和医生再也没有机会从药里获取盈利了。现在还没有完全入轨，因为青霉素没有回扣，有的大夫就不愿意开；利复星有回扣大夫就愿意开，这是经济利益的驱动。医保全面实施后，政府要建立特困人员医疗救助资金，建立廉价的医院。

她的眼睛亮了并且有些湿润，她说："敢情还有人惦记我们呢！"

窗外的槐花伴着和煦的阳光，散发着幽幽的清香。我爱槐花，它不仅清新美丽。在贫困的岁月里，它可以作为一种菜肴，曾帮助我度过困难的日子。

2003

一个钟点工的自述

一、我在北京做了钟点工

我叫秋明,安徽芜湖人。我们家乡水甜山青米香菜鲜。在家乡生活是饿不着的,可就是赚不到钱,让人心里发急,于是我和丈夫一起来到了北京。一是想北京地方大,总会有赚钱的机会,二是我本人有一个痛苦的原因:我12岁时得了盲肠炎,卫生院不知为什么把我的输卵管给切掉了,造成了我不能生育,这是结婚后我到城里做B超才发现的。在我们农村,不能生儿子是要被人戳脊梁骨的,农民的后半生指望的就是儿子,也就是你们城里人说的什么社会保障。我们农民没有社会保障,儿子就是保障。男人要女人为了啥?就是为了生儿子,所以我在村里自然抬不起头来,老乡说我是个晦气的女人。丈夫一开始待我还可以,后来知道我不能生孩子,就经常打骂,还常常用脚踢我的肚子。我自知"理亏",以至一忍再忍,常常含着泪劝他说,到了北京我多赚点钱,咱们也盖上一个二层小楼。我千方百计哄着丈夫,就是怕他把我扔了,那我就成了没人要的女人。

到了北京我才发现,我只能做钟点工和保姆,因为我没有技术也没有文化。干钟点工按小时计算,一天下来干8个小时最少40元,碰到大方的主家还会多给点,这样一个月下来就有1000多元。我出来就是想趁年轻多赚些钱,干钟点工干完一天就利索了,自己想干啥就干啥。干钟点工我喜欢在一个楼里多干几家，这样时间集中也省得跑路。上午干完4个小时，中午12点我把带来的饭放在主家的微波炉里热一热，一边看电视一边吃，碰到主家心情好还会给我一听可乐。吃完饭马上去下一家，这样时间一点没浪费，集中干完活也可以早回去休息。可这仅仅是我的心愿，主家各有各的打算，有的主家只需我干3个小时，中午11点一到就催你走，他们要吃饭。这中午的时间我很难打发，像游魂一样满大街瞎窜。午饭我只能在街上买碗刀削面或吃凉粉、煎饼、包子。夏天天气像下了火，我只得找个商场在里面待着。冬天西北风吹得我直哆嗦，我也得找个地方避寒，经常是刚找到地方又快到去下一家的时间了。到主家干活像上班一样，早去不行，一切都按着时间。下一家要午睡到两点半，下午也只干3个小时，这样我出来一天干6个小时活儿。加上中午和路途，还要用去近6个小时，中午还要在外面买一顿饭。不久前我找了一个好活，干一天给50元还管一顿饭，我就马上把那两家炒了，那两家的主人还舍不得我走呢！当我发现我能挑活了，心里有一种说不清的能力感，很是开心。

活跟活不一样，人跟人不一样。

主家与主家也不一样，有的马虎大方，有的仔细小气。说句实在话，现在的我，早已不傻干了，摸出了干活的门路，我知道什么时候偷懒省劲，这是对自己体力的保护，不偷懒行吗！我一干就是一天，每天如此，累坏了怎么办？身子骨是我活命的本钱。其实方法很简单，只不过有的人不说而已。擦茶具时慢上加慢，不但显得干活细心，自己还又省力气又耗时间，主家也不会责怪；再如擦柜子顶层上的土，只用一块抹布一擦到底，绝不上上下下换水洗布。因为我知道一般的主家不愿意再登着梯子去检查，尤其是上了岁数的怕摔着。另外，热水、洗涤灵、去污粉……能多用就多用，多用就省力气，反正节省了主家也不多给钱，我何必犯傻。为了保护自己的关节，热水一年四季都要多用，直到主家的热水管烫得不能摸了才关一下。我经常用热水冲泡手关节，就像医院里的热疗，舒服极了。冬天，我尽量多在阳台上晒晒太阳，多吸一点新鲜空气。我慢慢地打扫，慢慢地晾晒，实在累得厉害就关上厕所的门在里面歇一会儿，主家总不能拦着我拉屎撒尿吧。

二、不同的主家不同的人

　　我干了许多人家，也看了许多人家，有几家人给我留下的印象很深。有一家人，女的60多岁，得了类风湿关节炎。手指头就像鸡爪子。病了30多年了，随着年岁的增大病愈来愈厉害，连吃饭上厕所都是她丈夫管，帮她穿衣、脱衣，吃喝拉撒和日常料理都是她丈夫。女的脾气还很躁，可能是病拿的，男的不但一点不生气，还哄着她。女的是教师，男的是工程师。男的常常说，妻子是他最亲的亲人，永远不弃不离，我真觉得这个男人是个好人。一想到我的丈夫花我的钱还打我，心里就委屈，想痛痛快快哭一场。

　　还有一家给我的触动也很大。一个22岁刚刚毕业的女大学生，长得有点像一位名演员，总说一个人待着也闷得慌，想找人聊聊天。我一个星期去她家3次，干一天给100元。她穿的衣服一天一换，袜子脱了就扔掉，晚上睡觉都穿真丝的衣服，冬天穿雪白羊绒大衣，衣服全都拿到外面熨（她嫌我熨不好）。她的男人是个台湾老头，都秃顶了。这老头不常回家，在台湾有媳妇和儿女。有一次她喝醉了对我说，这个老东西包她6年，替她还上学欠的债，还给她买房买车。她的父母都是农民，家里很穷，连个柜子都没有。她说她和这老头之间是一笔不小的生意，6年后才28岁，就有了200万的资产。她还可以利用这6年学习两门外语和一门专业。她把这6年叫"服役"，她说为了补偿自己的贫穷要尽情享受。为了将来不受人欺负，她还要读博士。她说她受尽了贫穷的侮辱，为了将来有钱、有学问、有地位，必须忍受今天。后来，我把这个女人的事告诉了一个当作家的主家，作家说这叫"典当"，典当青春。我真不明白城里怎么会有这样一种职业。

　　我一家一家地干，虽说累点，但也很开眼界，就像看电影一样，比看电影还真实。可我的钱还是一小时一小时赚的。我舍不得花钱,中午带的饭是一盒米饭加两块酱豆腐,钱就是这样一口一口积攒起来的。攒钱是我最大的希望。主家也会经常给我一些他们淘汰的旧衣服旧家具,我虽然收下,但心里明白这些东西对于他们就是垃圾,因为卖也不值几个钱。他们以为给了我,我就会领他们的情,才不会呢!他们要是真同情我,可怜我,可以多给我开工钱呀!别看我没文化,心里可是明白的。在外面干活要忍许多气,北京人待人表面客气,可心里还是把我当下人看。有个主家干脆说,我们之间是货币关系,你干活我付钱。乍一听有点冷,细想就是这么回事。主家不会对我有什么感情,我也不应该有这种希望。

三、自己给自己保险

我最怕回家,因为我不仅养着不干活的丈夫,还要违心地看他经常赌博。我赚的每一分钱都要如数上交给他,不交他就用皮带抽我。我常常想这是北京不是农村,然而,面对生活的现实,我又该如何应对呢?到了北京以后我的想法逐渐有了变化,我内心盘算着,反正指望不上他,他又吃我的又打我,还跟着他有什么必要?我终于和他离婚了。为了避免他的纠缠,他也觉得我没有给他生个儿子,所以我辛辛苦苦几年攒下的一万元钱都让他拿走了,他连个屁都没放。离婚后我身无分文,一切得从头干起。我现在33岁了,男人与女人不一样,男人33太阳刚出山,女人33倒了半座山,一晃就觉得自己老了。我一个乡下女人,没有男人,没有家,没有孩子,也没有了青春,将来在哪儿?将来怎么办?

婚是离了,自由了,可一回到家心里还是觉得有点惨。出门一把锁,进门一盏灯,灯看我,我看灯,相看两空空。没有亲人了,父母已故去,可我还是想家的那块地。我是一个离了婚的没有儿子的女人,我没有脸回家乡了,就这样在外面漂着吧。想来想去,我唯一的生路是在北京找个老头,他有房有钱,和我结婚可以不办手续，只要他给我房给我钱，我以后的日子就有了依靠，这是我们这种女人最好的出路……

昨天夜里我又在梦里哭了，我梦见我老了，干不动了……早晨醒来心里发空，想和人说句话，但房子里空空的。我开开半导体，里面传出了说话的声音，房子里才有了一些热气。我不再哭了，我这样的女人没有时间哭，哭也没有用。我赶紧吃个馒头喝口白开水，骑车打钟点工去了。半导体里的人说今天有7级大风，还有沙尘暴。

这一天我打工的地方是一个独身老太太的家，她70岁了还在家教英语，她很和善，不小看我，她看出我脸色不好，给我沏了一杯红茶还放了糖。她的暖人暖语让我禁不住哭了，就像遇到了亲人，我倒出了一肚子苦水：自己命苦，靠山山倒（山指父亲，我5岁时父亲死了），靠水水淹（水指母亲，我10岁时母亲也死了），靠柳树枯心（柳树指丈夫）。老太太听完了我的话说，你思想上有一个错误，你刚才的三句话，用三个靠字。每个人都是独立的人，只能靠自己，自己给自己保险，你离开了你的丈夫，获得了自由，多好呀，应该是你新生活的开始。趁年轻除了干活赚钱，还应该学习生存的技能。老太太说她一生的生活原则就是不靠别人，自力更生，也不用别人的钱。

从那天以后，我的心情豁亮了，想法也变了，现在我除了做钟点工，还学电脑打字，生活有了奔头。我渐渐喜欢北京了，也喜欢北京人。在北京我开始了新的人生，这是在家乡从未想过的。

2002.1

穷人的生计

富人有富人的活法,穷人有穷人的生计。

穷人的生计不仅节俭,而且智慧与灵动。穷人的生计最大的特点是打"时间差"。时间是富人与穷人共同拥有的资源,时间对富人是金子,时间对穷人也不是沙子。

穷人打着时间差的节奏,一路奔走,一路张望,一路收获。虽然收获的不一定是金子,但却收获了便宜的好心情。花最少的钱办了穷人最大的事。

太阳对穷人与富人一样的温暖,穷人迎着朝阳去赚钱,太阳落山以后再去菜市场去消费。下市的青菜同样是青菜,韭菜变不成土豆,茄子变不成油菜,辣椒还是辣椒味,蒜苗还是蒜苗味,只是价钱跌了身价:黄瓜变成了白菜价,西红柿变成了胡萝卜价,荷兰豆变成了扁豆价,对虾变成了虾皮价……晚上的菜市场上的新贵脱下了湿漉漉的鲜亮的外衣,变成了朴素的百姓,个个都成了穷人的朋友。

买完了菜便一路小跑,远远地就闻到了面包和奶油的清香。这时花2元钱就可以买到价值20元的法式面包,如果碰到运气好还可以买一送一,买一送二,回家后把新买的面包切成薄薄的片烤干晾干变成面包片,这样十天半月一个月的早点就有了着落,长此以往孩子的书本费就省了下来。俗话说得好,吃不穷,穿不穷,算计不到就受穷。

孩子是家庭的希望,日子过得就是孩子,孩子是家里攥着的最大的一张股票。穷人最大的投资是教育,所以为了孩子的将来,为了股票的升值,孩子就要多读书，读好书。可书的价钱对于穷人来说是天文数字，所以等来的降价书市是穷人的好去处。穷人推着小车追着赶着去书市，书中有穷人的梦想，真是书中自有黄金屋。

穷人有穷人的尊严，穷人常言：宁有穷命不能有穷相。穷，这年头是失败的标签。所以穷人不能外表一看就穷酸样儿，穿戴打扮是个人的名片。穿不起名牌也要穿得得体，所以打折的商店是穷人光顾的天堂，先去燕莎、赛特逛一遭，只逛不买只是为了感受潮流，然后再去打折店去买些似像非像的东西，买上几件假名牌的衣服以达到以假乱真的效果。赝品、假货满大街都是，既满足了穷人的虚荣又达到了省钱的目的。当然，有时也会偶尔戴上一个几乎与真钻戒没有任何区别的晶莹、透明、光泽无比的假钻戒，它的价值大约在30元左右。由于街上的人不了解你的底牌，所以不会投来轻蔑的目光。

穷人也经常光顾一些豪华的商城，这对年轻的穷人很重要，目光要轻盈地在原木风格的家具上逐一跳跃，内心充满了对楸木、橡木占有的情感。当然20万一套的意大利沙发，是他们无法穿越的罗布泊，但实现对它精神的占有，并不是一件难事。

现实的生活可能会湮灭了他们的渴望，但不能粉碎他们对美的向往。经常在这里熏陶，会让他们乐此不疲的身影上罩上一层华贵尊严的泡影。

有时，他们也穿着假名牌去王府饭店的一楼和二楼，这里云集了中国能看到的顶级的时装品牌，范思哲、阿玛尼、香奈尔，千元一件的T恤、万元一双的皮鞋……这时他的心也会加快地跳动，他在想，没吃过猪肘，还没见过猪蹄吗？他的额上沁出了微汗，兴致来了他要逐一试一试。当范思哲的衣服贴近他身体的时候，他的眼睛里盈满了泪水。他会告诉自己，我曾真实地拥有过范思哲一瞬。走在繁华的王府井大街上，他会轻轻地对自己说，不要天长地久，只要曾经拥有……他害怕在无意当中，流露出穷困的底牌，所以他经常注意一种他难以企及的气度。啊！贫穷的人有着辛酸的尊严和可爱的虚荣。

穷人打电话，也打着时间差，一边说话一边不眨眼地瞪着秒针，当说到2

分59秒时，就要干净利索地把电话断掉，即使电话的另一端正在哭诉，也不能手软。断掉了一个2分59秒，就等于断掉了一只索要金钱的手。穷人打电话的节奏就是一个2分59秒，又一个2分59秒。要成功跳跃黑色3分钟。有时一次重要的通话要成功跳跃10次黑色3分钟。为此家中的闹钟，甚至鹦哥都会在2分59秒时发出各种信号。

自从买电以后，电表转动得真是一日千里，仿佛轻骑兵在行动。一触就转，一转就蹦字，一蹦字心里就吐血。眼见那红字一闪一闪的，好像心被一揪一揪的，这时才明白什么叫揪心疼。最后他们开动脑筋地打起了时间差：晚10点以后用电便宜，所以大人孩子早点吃饭洗漱然后钻被窝，实行夜猫子作息制，晚10点以后叫醒孩子念书，做作业。为了不影响邻居放弃了洗衣机，改成手工劳动。实在不行又实行百灵鸟作息制，早睡早起，最大限度地利用自然光。自然光是老天爷免费提供的，决不能浪费资源。有时夜猫子作息制与百灵鸟作息制交替使用，由于实行了一家两制，缓解了电费的支出。

家中有一套两居室的房子，为了让房子生钱，决定租出一间。冬天租向阳的，夏天租背阴的。这样租金就向上浮动了300元。一年下来几千元就有了，租房子打的是季节差。

信息是资源，年轻的穷人要广交朋友。朋友也是资源，不善于交际会失去大量的机会，要尽量减少交际成本。交际的成本有时很高，如金钱、时间、精力……穷人没有多余的钱只有搭精力和时间了，这个成本也很高昂，所以要节约使用。人际关系一定要受益，穷人要尽量避免小农式的人际关系，要逐渐学会资本式的人际关系。这是一种耗蚀最小的人际关系，并已基本成为当今人际关系的主流。商品社会需要一个可以通兑的价值转换体，这就是货币。穷人要致富首先要改变观念。

穷人不要热衷于穷聊，穷人要扩大自己的圈子，交流各种信息，想办法打入富人的圈里，到富人家里走一遭。穷人拿什么与富人打交道呢？要拿富人没有的东西，如逢年过节拎着从乡下弄来的绿色食品，像用粮食喂养的猪肉、牛肉、鸡肉，不沾化肥的稻米、棒子面、青菜……这既花不了多少钱又合了富人的意。别忘了带上你白白净净的孩子，孩子的嘴一定要甜，这样不仅可以得到不少压岁钱。富人还会给你提供一些机会，富人有可能看不起你，但他决不会看不起你的宝贝孩子。孩子是人人都喜欢的，富人决不会狗眼看人低，谁能说你的孩子将来不是富人、名人，甚至伟人呢？带孩子进富人的圈子，对孩子也是一个教育，让他看看富人是怎么活着的。光让孩子在穷人的圈子里听聊打折、聊降价、聊省钱……孩子的眼光就浅了。

穷人要有志气，一定要成为富人，要克服惯有的饥饿思维，要学会把碗做大。不要犯死心眼在一棵树上吊死，把个人的穷富全押在单位上，如果能混进有垄断权的单位，吃香的喝辣的，还算幸运。混到效益不好的单位恐怕只有喝粥的份了，舍不得单位那点死钱，就是穷人的心理。舍不得孩子套不了狼，看准了什么就一心去扑，靠工资靠银行的利息过日子，一辈子也发不了财，累死最多能混一个低级小康。

要有勇气建立自己的牧场，要别人给自己打工，钱放到银行那是穷人的习惯，富人的钱都是以资产的形式出现，如工厂、土地、品牌……

穷人的孩子要翻身唯一的办法就是读书，所以投资教育是改变命运的法宝。穷人的孩子应该学习实用性、操作性强的东西，只有实用性强，才能找到饭碗，才能有市场。穷人的孩子千万别玩什么风花雪月，什么美学、哲学、历史、考古、中文……只有有闲有钱的人才能玩得起这些不赚钱的东西，少管闲事多发财，多管闲事多上当，要聚精会神学专业，一心一意谋发展。这才是穷孩子之路。

如果穷人的孩子天生就有会唱会跳的基因，那可千万别错过机会，当了歌星、影星那可是日进斗金呀！这是一条不学无术名利双收的捷径，要早早想办法把孩子推进去。张爱玲说得好："出名要趁早呀……"等到孩子四五十岁了才发现他会唱歌，那就只有哭的份了。演艺是门青春的行当，趁年轻捞一把是一把，为老年都垫了积蓄。过了这村就没有这店了，机会不等人，青春不等

穷人的生计

人,钞票不等人,只有抓住机会往前冲。冲上去就上了山,冲不上去就落了地,冲上去就是大牌明星,闪闪发光,就从穷人变成富人,从地狱到了天堂,从下等人变成了上等人,从村姑变成贵妇……穷人怕什么?穷人要胆大,要有野心,就会有变数。

穷人在奋斗的过程中最重要的是身体,常言道:"身体是革命的本钱。"这是一句听起来很主旋律的口号,但却是最早孕育了市场商品价值的名言,第一次透辟地指出了身体是本钱。革命是一件需要本钱的事,继而引申到做一切事情都要以身体做本钱。

穷人最大的资本是自己的健康,因为穷人与金钱无缘,与权力无缘。应该如何对待本钱呢?第一要保本,第二才能谈到盈利,如果本钱丢失了,那么一切都等于零。$0 \times$任何数$=0$。

所以穷人的健康是至关重要的,做任何事情都不能蚀本。穷人是不能生病的,病魔是恶虎,恶虎吃病人,一口两口就吞没了。健康是穷人的骄傲,穷人应该吃什么都香,见什么都乐,躺下就着,有使不完的力气……一个瘫在床上的亿万富翁,望着活蹦乱跳的穷人仰慕得如同平民见了皇帝。

时间是残暴的暴君,它随着岁月的流逝不断向人们征抽健康体力的税金。穷人千万要记住不能透支健康,不能为此付出高昂的人生成本的代价。要懂得节能。

穷人有两种:一种是口袋穷人,另一种是精神穷人。

口袋穷人穷在口袋,精神穷人穷在精神。精神穷人口袋是鼓鼓的,却总是千方百计去占尽公家和别人的便宜,大至豪宅、汽车、金钱,小到一个信封、几片白纸、一碗免费的豆浆、一杯茶水。所以免费续杯的茶座总是人满为患,麦当劳厕所的卫生纸总是席卷一空……办公室里彻夜上网干的常常是自己的私活,他们的口号是,用公家的电,赚自己的钱。一不留神如果错过了占便宜的机会,他们会满嘴生疮,浑身瘙痒,痛苦难耐。公家的电话要热打,热得像电熨斗,个人的电话要冷用,冷得要穿羽绒服。他们专门吃公家或别人的饭,却从来不买单，吃别人要生猛海鲜，吃自己要青萝卜皮拌虾米，好像前世是荒野的饿死鬼。

送别人的礼不是过期的就是处理品，或是早该扔垃圾的破东西……这种人即便家里的钞票爆棚，他从灵魂到心里到骨头到血液都是彻头彻尾的乞丐。

口袋穷人的节俭，那是不得已的事。他们本质上是不想占别人的便宜，穷人的心是红的，血是热的。他们刻苦自己，风光待人。俗话说得好，穷大方就是这个道理。他们请人吃饭实心实意，恨不得把心肝肺都挖出来，给你做一盘大菜。

但愿天下的穷人都有好运。

2003

在美国当保姆

背景资料：寒雪曾是一个美丽而优雅的女人，60年代艺术学院油画系毕业，曾画过油画，做过舞台布景及服装设计，于90年代初提前退休，只身赴美，现在美国定居，做保姆至今。

公元2000年12月一个充满阳光的冬日，申力雯在家采访了这位年轻时的朋友。

申力雯：你离开中国后一直在美国打保姆工吗？

寒雪：到美国后一星期就一直打保姆工。

申力雯：在美国当保姆那是一种什么感觉？

寒雪：没感觉，干活，赚钱，吃饭。

申力雯：还是请你谈一谈到一家一户具体的感受。

寒雪：由于我英文不好，只能打华人工，华人的工钱要比白人的工钱低。我打的第一个工是照顾一个70多岁的越南老华侨，他生活已不能自理，大小便失禁，这样的老人想找保姆是很难的。他给的月薪是1200美元，我毫不犹豫地就去了，因为这是一个机会。干这活是很脏很累的，如同照顾一个年迈的婴儿，还要每天给他洗澡，帮他做运动，寸步不能离，又不允许外出。我望着窗外草地上奔跑的孩子，感到自己好像在蹲监狱，心情很压抑，这时我才感到自由的可贵。

中午我抓紧时间吃完饭，想读中文报纸。老头的儿媳妇从饭厅里冲过来指着我的鼻子大喊大叫：你竟然敢当着我的面读报纸，还不知道你背着我干什么呢！在她的眼里，我是一分钟也不能停的奴隶。

申力雯：哇，我这才感到北京是保姆的天堂，北京人是很讲面子的，给北京人当保姆太舒服了。雇主经常要哄着保姆，保姆要价也愈来愈高，脾气也愈来愈大。北京人雇个保姆实在不容易。

当雇主骂你的时候，你心里想什么？能承受这种委屈吗？

寒雪：每当我受委屈时，我就拼命想自己以往的各种痛苦经历。当年我由于出身不好，"文革"中差点让人打死，还没有地方讲理。在这里我至少赚到钱了，这一点使我心理平衡了，反正他们也不敢打人，打人警察就要管了。跟雇主周旋，我也摸索到了对策，当他面就百忙，背着他的面就休息一下，自己得会心疼自己，尤其在美国。不过这个越南老华侨还不错，从来不向他儿子汇报，总用一种依赖的目光望着我，人老了真可怜。

申力雯：你去雇主家，他们介意你在中国是干什么的吗？你怎样解释？

寒雪：他们很想知道你在大陆是干什么的，我从来不说自己是大学毕业生，更不说是绘画的，就说自己是幼儿园老师。

申力雯：为什么？

寒雪：如果说出实情，人家会认为你在浪费学历，跌面子。尤其是当这个家庭有孩子时，千万不能说自己会画画，他们会让你教他孩子画画，又费力、又费心、又费神，又不多给你一分钱。我绝不做这种傻事，这是有教训的。

我很快离开了这个家，到另外一家照顾一个70岁的老太太。

这个老太太是上海资本家的后代，后来去了香港、台湾，最后移居到美国。她把人使唤得死去活来，直到榨干为止。给这个老人干活，精神处于高度紧张状态，我刚上楼拿东西，下面又发出了要喝果汁的命令；水果还未榨成汁，她又要去花园散步。我接到她的命令，好像触了电，全身血管收缩，心跳加快，血压往上顶，身体好像不是自己的了，差点从楼梯上摔下来。

她按摩一上瘾就要我给她按摩三个小时。我浑身骨头都快散架了，手指都快断了，大腿也麻了。她还不住嘴地说，你按得怎么这样疼，是不是有意和我作对呀……

有一次我开车带她去看病，中途又要买东西。到了中午，她只顾自己吃东西。我对她说，我还饿着呢！我的手在发抖，我开车会出危险的……老太太这才把她的素鸡扔给我吃。到了医院，她让我吃医院免费提供患者的饼干和矿泉水，不让我买饭吃。

申力雯：这种时候，你一定难过得想哭，为什么不想办法画画，或者换一种工作？

寒雪：我难过有什么用，我哭给谁看，我的眼泪为谁流呀？女人把自己的眼泪哭给爱她的人，没有爱的对象，女人就不会哭了。绘画是卖给买画的人的，如果没有人买，那就是一堆垃圾。到街上画人头像，一张20美元，但得有客人，收入根本没有保障。打保姆工吃、住都有保障，又有固定收入，这是最实际的选择。

申力雯：其实你在国内也是不错的，做舞台美工，生活有保障，有房子，也能画画，怎么就想到美国当保姆呢？

寒雪：我不到55岁就退休了，婚也离了，孩子又指望不上，我面临的问题就是养老。这时发生了一件事情，给我的震动很大。我的姑姑得了尿毒症，她辛苦工作了一辈子的单位连工资几乎都发不出来了，又怎么能给她花钱做血液透析呢？由于无钱治疗，不久她就去世了。我突然感到了一种恐惧：我老了，病了怎么办？有谁管我？我退休时只有两万元存款。人生有两个点，起点和终点。起点已不能把握，人生最后一个落点，我得赶紧打点行装完成。现在，我已定居美国，当我65岁时可以拿到养老金。如果是穷人还可以领到福利金和医疗卡，这样养老问题就有着落了。

生活在我看来很简单，穷就是穷，富就是富，物质就是物质，精神就是精神。生活的哲学比书本的哲学更真实更残酷，一点都不暖昧。

申力雯：你一个人在外面生活怪不容易的，你一定感到寂寞和孤单吧？

寒雪：当然，很寂寞，美国是个孤独的社会，人与人之间不多来往，人与人之间关系很淡漠。如果有缘，我希望碰到一个朋友，不一定结婚，结婚有财产问题，太复杂，只求互相聊一聊，周末一起观看百老汇的演出，看看画展。唉！但愿能碰到这样一个人。但愿吧。

申力雯：你的绘画不会放弃吧？

寒雪：决不放弃，每个双休日我都坚持去外面写生。雇主给我双倍的钱，我也不干活。画画那是我最后一点精神的快乐、尊严与梦想。

唉，也许我命中注定要漂泊，我漂泊的下一家还算不错，月薪起价1600美元。女主人漂亮和气，这一家很有钱，有游泳池、网球场，都是自己设计的。上下三层楼，都要我打扫，女主人倒蛮客气，有时会说，喜欢吃什么，你自己去挑一些买。她还把一些淘汰给救世军的衣服给我。救世军是个组织，把有钱人不要的衣服集中在一起分给穷人。

这家女主人有个爱好，就是殚精竭虑地把居所布置得花样翻新，从色彩到位置甚至到形状……她家有客厅、晚餐厅、家庭起居厅、午餐厅，样样都要打扫，样样都要变化，总要在一个居所里制造一些浪漫的情调。

圣诞节时，要布置好一棵圣诞树，树上悬挂的小球及许多卡通饰物都是我精心挑的，有的还是我设计的。女主人常说，变化一下房间的布置，就等于又换了一种居住的心情。女主人的好心情我可得扛着。

她的家庭不和睦，我常常看见她丈夫指着她的鼻子说：你这个白痴，只知道花钱。终于有一天她告诉我，她可能会离婚，因为她丈夫在外面有了女人，最可怕的是丈夫带回来了性病。她拿起一张几个妇人的合影说，别看她们珠光宝气的，这其中的四个女人都快离婚了，生活得很不开心。她神情很黯然。

在别人家里当保姆，吃住都在一起，怕雇主的性病传染给我，我要及早地脱身了。但临走前女主人要求我写一个证明，证明她丈夫某天某夜没回家，说留在法庭上用，并答应给我1000美元，第二天我就走了。

申力雯：及早脱身是明智的，下一家又有怎样的体验？

寒雪：也许因为我是学艺术的，内心总有些不泯灭的浪漫的情结。当我第一次走在纽约的大街上，望着一家家的灯火，心里想，房子里是怎么回事？我得想办法进去看一看，看看他们是怎么生活。只有打保姆工才能一家一家地钻进去，也许有一天我会写一本畅销书。

后来我去的这一家。男主人是美国一家公司的高级主管，年薪20万美金，太太是新加坡的华侨，是个口腔医生。

我的工作是做饭、打扫卫生、洗衣服、熨衣服，开车接孩子送孩子上下学。我吃饭不能与他们同桌，女主人另给我一套餐具。在美国人家当保姆，美国人请你和他们同桌吃饭，而中国的台湾、香港，还有新加坡的华人总是把保姆当成下人。

这家人三天两头开派对，一派对我就得做30多人的自助餐，中餐西餐一块来，那活真是太累了。

我比较喜欢吃水果，可有些水果雇主不让我吃，我就付钱请雇主买水果时一块带来。有时他们也给我水果吃，但那是从供祖宗牌位前撤下来的快变质的供品。那么有钱待人却那么刻薄，良心都没有了。

女主人还指着我的鼻子说："你怎么打了那么多电话，还有时间干活吗？那么大的年岁了还有什么悄悄话要说，见鬼了！"当我解释道：只打了两个。女主人马上吼起来："你怎么敢和我辩，谁是主人，谁是下人，你搞清楚了没有？"我非常伤心，决心不在这家干了。后来女主人又后悔了，口气软了下来，让我宽限些日子，她实在是很忙。我说，我实在也是有事，也没有办法。

对待恶劣的雇主，在她最需要你的时候，及时地炒掉他，这是很解气的办法。

我背着画箱，拎着皮包，踏着一双磨了一半后跟的旅游鞋，脸上敷了一层凡士林膏，打起精神，争取下一轮的工作。

申力雯的思绪

寒雪是我多年交往的大姐姐，认识她的时候，我胸前还飘着红领巾。我们曾在月光如水的天安门广场上彻夜漫步，诉说着人生的理想。那时，她已上了大学，两条粗长乌黑的辫子上系着蝴蝶结。她说她要成为中国的苏里柯夫，她爱上的男人将会是《战争与和平》中的安德烈公爵，我也妄言要成为中国的斯坦尼斯拉夫斯基。

岁月从指间悄悄地流过，人生的戏剧比舞台上还要沧桑。多年以后，当她快60岁的时候在美国做了保姆，而我做了京城闲妇。此时我们相对无言，只是无声地品着黄山云雾。

纽约的灯火吸引着她去游荡，可是哪一盏灯是属于她的？在寒冷的冬夜，哪一盏灯火为她点燃，在殷殷地等待她的归来。啊，异乡的漂泊者呀，60岁的女人。

我送走寒雪时，已是寒冬晚上9：30，月光也是寒冷的但很清澈。她弓着腰，缓缓地踏着月光向前走。她说，回到美国要瞒年岁了，不然这个年岁找活已经难了。站在公交车站牌下，寒风有些刺骨。我说，别等车了，打个车回去吧。她摆摆手说，没必要。她的脸有些苍白，并不停地咳嗽着。此时，我想起那个要嫁给安德烈伯爵的姑娘……此时，我对人生的变化，时光的流逝，有一种难以排遣的怅然若失之感。那一瞬间，我哭了，哭得心疼。

她这次回北京是来参加"女画家联谊会"的。我曾劝她不要去，她颇不以为然。我说现在的中国社会非常功利、势利，你既没从美国带来什么值钱的礼物，又没带来可利用的市场，也没有带来让人羡慕嫉妒的光环，又实话实说，自己在美国当保姆，你会受到伤害的。

她却执拗地不以为然。我不得不佩服她的勇气，我惊异一个女人竟如此没有虚荣心，是多么可贵，又是多么让人心疼。面对复杂纷繁的人情，她是自信的跋扈的，还是缺心少肺，是被生活打磨得粗粝，还是磨炼得更坚强，我常常不解。

她说，我虽然没有令人眩晕的光彩，但我是靠双手劳动、脚踏实地去生活，内心很平静。

她依然有梦，每个双休日她画画的时候听着古典音乐，会有一种沉醉。那时的感觉很美，好像回到了另一个时代，另一个国家，一种澄清的纯真。

一个独身的60岁的女人，依然有着旖旎的梦想，这很不容易。她曾是个精致的女人，也喜欢过精致的生活。

现在她把残余的生命，作命运之一掷，去寻觅一点切实，一点精致，一点梦想。这是真实，还是荒诞，真令我漠然，也许人生就是这样斑驳的现实。

前天，传来了她的好消息，她终于收到了请她绘制人物肖像的订单。一个订单两万美金，电话里她的声音不急不躁，不紧不慢，也许因为等待得太久便消磨成平淡了。

快60岁的女人，无论在什么时代，什么社会，什么国家，都应归于平淡与舒适了。

2001.2

诗歌篇

生命的鲜花

虽然我曾一度迷茫,
不知我的道路通何方。
但我还是轻轻迈出羞涩的一步,
生命的鲜花已在温馨的春天里开放。

我不愿徘徊在田野、河旁,
望着朦胧的月色惆怅,
也不愿让窗外的炊烟,
隔断我思想飞翔的翅膀。

黎明的朝霞驱散了迷雾,
我穿过远方绵延的群山,
看见海滩上坚实的脚印,
和队队巨轮正待出航。

我企盼已久的春风啊!
吹起我瀑布似的黑发。
向前走吧,我诗的脚步,
你每一个节奏里都孕育着希望。

1984.5

午夜的电话

在紫色的光晕中,
轻轻飘来了电话铃声,
像飘落深谷的曼陀罗。
于是,
我踩着你缥缈的脚印,
把话筒紧紧贴在心口,
我只感到你颤抖的呼吸。
于是,
语言突然变成一片无尽的空白。
零是开端,零是无限。

林梢闪过的月光,
已悄悄抹去。
遥远的寂寞地呜咽,
正徐徐落到我寂寞的心底。
我含着笑坐在窗前,
可我的心却在啜泣,
心口还是紧贴着你滚热的呼吸。
你的声音低微,

午夜的电话

但很长很长,
长得无垠,
像细细的秋雨。

你的心还感到寒冷吗?
它正拥在我的怀里,
我的柔情已牢牢系在,
你的雨丝里。
可我还是怕,
那飘过的风,
把雨丝吹断,
把伴着寂寞的阳光吹散,
堕入凋谢的花丛中。
即使我在泥土里,
你还是能看见我明亮的眼睛。

画 册

第一次
捧起你的画册,
顿时
所有的色彩都突然沉寂,
从此
我们无须任何言语。

那厚厚的积着白雪的画卷,
没有声响、
也看不见人影,
只听到一支孤独而美丽的歌。

树林隐没在雾海中,
积雪的茅草屋淌着青烟,
漫漫的玉石阶
幽幽地伸向无尽的天穹,
雪潇潇地洒落在独木桥上。

冬的风挟着树上的雪花,

画 册

还有一匹垂着头的驮马,
在隔着栅栏的白雪中,
为你默默送行。
你背着行囊,
艰难地行走在雪地中,
雪片一片一片温柔地融化。

你走了,
但你还会回来。
你回来了,
可你还会离去。
你爱的是人生以外的生命,
你孤独的是孤独以外的人生。

在霜冻的雪夜,
虽然残冬在寒冷中缄默,
可我的嘴唇像枫叶一样红。
无论重逢还是别离,
请不要对我说再见,
永远不要。

心的憧憬

我不愿
再拾起那飘落的树叶
和青青的小草细细低语,
留恋那黄昏的晚霞,
在飘着雪花的小径上
寻觅那已逝的花絮。

四季的印象留下的是一片迷离
那荒野的淡笑,
秋天空旷的鸽哨,
紫藤下温柔地倾诉,
还有溪中漂流的揉碎的花瓣
在我心中
回荡着冰冷的涟漪。

让过去的永远过去吧。
心永远期待着明天!
未来这绿色的世界,
神秘地向我呼唤!
即使是再一次的迷离,
再一次的恍惚,
我的心还是憧憬着明天。

生命的瞬间

为什么
在我生命来临和消逝的瞬间,
你从我身后深深地走来。
你拉起我的手,
静静聆听着
天际中雷雨的轰鸣。
也许
生命可以裂变,
也许
宇宙会洒下坠落的星辰,
也许
你相信所有的开端。

你的热烈不安和柔情,
悄悄潜入我清醒的灵魂。
你的海洋,
渗入我昨天的泪泉。
可我拥有的,
只是太多的昨天。

如果你追问昨天的故事，
我有的只是无言，
岁月给我沉重的蜕变。
在我脆弱的表层，
岩浆在沸滚翻腾，
可这一切并不是为了绿色的生。
也许
太阳离我并不遥远，
可我不去追恋。
只求给我
最明亮最辉煌最圣洁的瞬间，
然后化为灰烬，
跃进入生命极致的乐园。
你去吧，
静静地去吧，
我不看着你。
那长长的一生，
只是美丽的一瞬间。

只因我认识了你

那一个日子
我认识了你,
从此
时间在悄悄酿造着一种东西。
我不再急切地盼望什么,
也不匆匆去追赶,
只想一个人慢慢前去,
静静走向加深的暮色里。

夏夜,
有千朵荷花
淡淡地开放在水中。
夜深了,
所有的颜色都已静寂。
风把寒冷无声地留给我,
在无人走过的山野里,
我听到自己单调的脚步声。

这时
我突然悟到
一种宁静的美丽，
似乎一生的意义都在这里。
从此，
我不再喜欢喧闹热烈，
只愿生命有种单纯的希冀。

眼 睛

我又一次触到你迷离的眼睛,
它像是秋天的湖水,
荡着淡淡的雾气,
低吟着最后的秋歌。
我的影子破碎在你沉醉的眼睛里,
可我没有叹息,
只觉得所有的过去,
原只是一种等待。

于是,
在无言地凝望中,
在叶落之后,
才发现,
在候鸟飞过的地方,
隔着一片冰冷的雾气。

山的那边

"爸爸,我想爬到山的那边",
我甩动长辫划破了他吐出的烟圈。
他摆着手又点燃一支香烟,
告诉我:
一样的山,
一样的天,
小姑娘,
你怎么能爬到山的那边?

我红色的运动服,
在绿色的山谷里穿梭,
白色的旅游鞋,
落满了清晨的露珠,
太阳使我与山谷,
都沐浴在热与火的光轮中。

我站在了山的那边,
呵!
一样的天空,

山的那边

一样的山峦,
但清新的气息,
朦胧的色彩,
把我枯燥的幻觉充添。
我的心在这新的世界中战栗,
我编织了一个美的花环,
把它紧紧地贴在我的心间。

在归途的半山腰,
爸爸脱下了他的五眼鞋,
无言地注视我这双白色的轻舟。
"山的那边是什么?"
他问。
是新的世界,
是美的花束,
它已藏在我少女的胸怀,
爸爸抬起头望着山的那边。

1985.2

三十五岁的"青年"

我们终究没有被人遗忘,
历史时时都提示着我们的存在。
十八年前我们作为青年,
在横冲直撞的浪涛中漂泊,
度过了人生只有一次的青春。
十八年后历史把我们划为青年,
牛顿,
爱因斯坦,
门捷列夫,
向我们频频挥手出题。
鸦片战争,
五四运动,
使我们接受血与火的洗礼,
历史从来就没把我们忘记。

幸福的现代青年人,
胸前佩戴着骄傲的校徽,
轻盈地从我们身边飘来飘去,
投来的是同情还是轻蔑的一瞥,

三十五岁的"青年"

这我们早已都无暇顾及。

一代人有一代人的足迹，
我们和共和国一起成长，
在血腥动乱的年代，
我们紧抱着母亲一起哭泣。
妈妈的荣辱，
儿女的苦难，
和我们血肉相牵，
经历了鲜血，
泥泞恐怖的考验，
我们的人生才有了坚实的起点。

愿幸福的一代更加幸福，
我们已经建设起自己的价值观。
三十五岁如果还算是青年，
那脸上的沟沟壑壑，
是通向广阔世界的路径，
斗室的尿布，
婴儿的哭声，
使我们更加珍惜生命。

那布满血丝的双眼呵！
是夏日飘着朝霞的天空。
谁说我们是不幸的一代！
我们又一次扬起生命的风帆，

用不屈的搏斗去填补,
历史造成的空白与遗憾。
我们的幸福来自痛苦的探索,
在苦难的岁月里,
我们追求过,
奋斗过,
真正地生活过,
因此我们的幸福,
包蕴更丰富的内涵。

特殊的年代造就了特殊的青年,
三十五岁还是我们生命的春天。
在这片春意萌动的土地上,
我们又一次播种,
又一次耕耘。
三十五岁的森林呵!
年轻的森林呵!
向无边的远方伸延。

1986.6

雪 夜

黄昏,
在北方的街巷上,
我听到冰雪残滴的声响,
你的脚步在我深思的心湖,
泛起温柔的凄动。
那一个雪夜,
你的手指敲开了我紧闭的房门,
流着狂喜幼稚的泪水,
给我摊开一张稿纸,
要我为你写一首雪的诗。
那个夜晚,
月亮很美,
那个夜晚,
我第一次写诗,
诗的花瓣舒展着浅淡的微笑。
我们握别时夜正浓,
你走了,
踏着轻快的脚步
走向南国的小城。

窗外春与夏的叶子绿了，
青春的蔓延，
萤火虫在夏与秋的朦胧中，
扑向树丛。
冬天在静静的下雪的夜晚，
我悄悄打开房门，
用蜡烛照亮你曾走过的小径。
你的脚步在我忧郁的回忆中，
轻轻走动。
月亮还是那样美，
我把每一个这样的日子都铺平，
用蘸着雪花的笔，
写下纷纷的诗句。
黄昏风动，
雪花颤动着昔日的笑声。
黄昏，你那边也该是黄昏，
冬日也该有清冽的寒风。
在这落雪的冬夜，
你可曾翻阅过我的心。

或者你早已深入梦乡。
其实，
我早已明白，
我们执手告别时，
那是开始，

雪 夜

但也是结束。
可我仍然固执地等待着,
可并不是为了相逢,
只因为,
我的思念是那样。
万般无奈地凝视,
遥远天空中,
一颗孤独的星星。
也许会有一天,
我已埋入青青的墓地,
你会踏雪归来,
轻敲着我写诗的窗口。
那里给你留下的是,
厚厚的尘埃,
和一本发黄的诗集。

1989.3

晚霞（一）

夜色吞没了最后一抹晚霞。
四周一片沉寂。
我像孩子一样地哭泣。
晚霞啊，
你消失在哪里？
突然在树林的远处，
一团燃烧的篝火，
映红了绿色的土地，
我含着喜悦的泪水跑去，
像当初扑向你热烈的怀里。
我奔跑到树林的尽头，
追逐的原来是梦幻的影子。
你真的就此离我而去？
可我依然在黑夜里苦苦寻觅。

你的微笑顾盼如此吝啬，
你消失得这样无声无息。
你曾经那样热烈，
热烈之后却给我加倍的冷寂；

晚霞（一）

你曾经那样明亮，
明亮却把我引进漆黑的夜里。
可是，
我不怪你，
绝不怪你！
就是那辉煌的一瞬，
已凝固在我的心里。
我不怪你，
绝不怪你！
从此晚霞在我心里，
从此太阳在我心里。

晚霞(二)

夏日的黄昏,
我们捧着用鲜花编织的花篮,
唱着我们的歌,
奔跑在大海的沙滩上。

晚霞把天空涂上柔和的玫瑰色,
瞬间晚霞又沉向大海。
染红的海水在无声地融化着晚霞,
突然在海天相交处。
晚霞闪烁着最后一道光轮,
向我们绽出了深情的微笑。

呵!晚霞,
你不要沉落海底,
我们有许多话要告诉你。
海滩上留下了我们飞跑的脚印,
也撒下芳香的花瓣。
我们用纯真的心把最后一抹晚霞,
像金子一样都收进花篮,

晚霞（二）

也装进了我们金色的梦想。

星星出来了，
我们把落叶编成小船，
让晚霞戴上美丽的花环。
静静地乘坐在小舟上，
在黑夜茫茫的大海上，
晚霞用它绚丽的光辉，
为远航的船照亮前方。

1994.7

告别梧州

离别了浓绿的南国,
北方正黄叶飘落,
我撑起一片落叶,
心潮泛起满满的春潮。

啊!梧州,
你对于我,
是瞬间,
是永恒。
我紧紧把你拥抱,
我把绿色带走,
把昨天留住。
秋风叩紧着窗口,
冬正加紧了脚步,
晚汛的孤独,
徘徊在渡口。

1988.11

后 记

  本着对爱妻申力雯的深切怀念,现将她的所有文字收集整理,汇集出版"申力雯文集"一套四本,以示我对她的纪念。

  逝者已矣,生者当如斯。

夫 王国栋

2017年3月